JN099590
Naotaka, Tetsuji & Kairi
「匿名希望で立候補させて」

直隆の体は熱かった。
史生を抱き寄せる腕は痛いほど強い。
直隆に抱きしめられている。
そう思ったら爪先から全身に震えが走った。
（本文P．100より）

匿名希望で立候補させて

海野　幸

キャラ文庫

この作品はフィクションです。
実在の人物・団体・事件などにはいっさい関係ありません。

目次

匿名希望で立候補させて

口絵・本文イラスト／高城リョウ

携帯ショップのカウンターで、向かいに座る高齢の女性がいよいよせんべいを取り出した。

秋月史生は、ああ、と声を漏らしかけたがぐっと呑み込む。今更止めてどうなるだろう。止めるなら女性が鞄からペットボトル入りの麦茶を取り出したときに止めるべきだった。史生の祖父母よりさらに年上だろう女性はすっかりここに腰を据える気でいる。

「それでねぇ、毎日知らない人からメールが来るもんだから困っちゃって」

「でしたら、迷惑メールは受け取らないよう設定を……」

「それは前もやってもらったのよ。でもやっぱりメールが来るんだわ。これとかね、これとか。……ねえ、これは？　迷惑メール？」

「迷惑メールですね。開かない方がいいですよ」

「じゃあこれは？　もう何が迷惑メールなのかわからないから全部見てもらっていい？」

女性は携帯電話と一緒に個包装されたせんべいも史生に差し出してくる。駄賃と言わんばかりのそれを、苦笑とともに有り難く受け取った。

史生の勤める携帯ショップは駅前の商店街にあり、店内は時間や曜日に関係なくいつも人で溢れている。特に熟年層向けにスマートフォンの講習会を開くようになってから年配の客が増えた。今も店内を見回せば、整理券片手に順番を待っている客はほとんどが史生の親以上の年代だ。携帯ショップというより寄り合いの雰囲気に近い。

史生が地道に迷惑メールを削除していると、向かいに座る女性がせんべいをかじりながらのどかに笑った。

「いつもフミちゃんには迷惑かけちゃってごめんねぇ」

「いえいえ、でも職場で『フミちゃん』は勘弁してください」

史生が苦笑すると、女性は真顔で「だってフミちゃんはフミちゃんじゃない？」と言った。

史生が小学生の頃から知っているだけに、そこは譲れないらしい。

目の前にいる女性に限らず、店を訪れる年配客はほとんどが史生の顔見知りで、気さくに『フミちゃん』と呼んでくる。史生がいくらか童顔気味で、未だに新卒のように見えるのも理由のひとつかもしれないが、都会では想像もつかない光景だろう。

史生の暮らすこの土地から東京までは新幹線で約一時間。一時間で行き来できるならそう遠くないと思われるかもしれないが、新幹線の時速は二百五十キロを超えてくる。在来線なら三時間はかかる距離だ。

都心から近いようで遠く、景観にしろ人間関係にしろ田舎の風情を多分に残したこの場所で史生は生まれ、二十四年を過ごした。おかげで店にやって来る客は大半が顔見知りだ。

迷惑メールの着信拒否設定が終わってもなお居座って曾孫の写真など見せてくる客を邪険にできず、応対を終えて時計を見上げれば時刻は既に二十時近い。店内に蛍の光が流れ始め、やれやれと息を吐いたところで新たな客が店に入ってきた。

「フミちゃん、お疲れー」

またしても『フミちゃん』だ。整理券も取らず史生のいるカウンターに近づいてきたのは、赤いスカジャンを着た青年だった。

百八十センチ近い身長に派手なジャンパーを着て、襟足の長い髪をオレンジに染めた青年は一見厳つい印象だが、満面の笑みを浮かべた顔には幾許か幼さが残っている。

足取りも軽くカウンターに近づいてきた青年に、こら、と史生は少し低い声を出した。

「用事があるならちゃんと整理券を取っておいで」

「別に携帯のことで用事があるわけじゃないもん。個人的な用事」

「だったら仕事が終わるまで大人しく待ってなさい」

厳しく言ったつもりだが声には甘さが滲んでしまい、それは違わず相手にも伝わる。

はぁい、と返事をしつつ笑顔でカウンターに肘をついた青年は生島海里。史生より四つ年下のお隣さんで、今年で大学三年生だ。隣同士、子供の頃からよく一緒に遊んでいたせいか、未だにこうして史生の職場まで遊びにくる。

閉店間際とはいえまだ店内には客もいるので外で待っているよう促していると、海里の後ろにぬっと大きな影が立った。

「お前はまたフミの職場で遊んでんのか」

低い声に、海里がぎくりとした顔で背筋を伸ばす。その頭に、のし、と大きな手が置かれ、オレンジ色の髪が乱暴に引っ掻き回された。

「なんだこの頭、随分派手な色にしやがったな。しかもムラになってるじゃねぇか」

「うわ、いた、痛いって、兄ちゃん！」

海里の頭が前後に揺れるほど手荒に撫で回しているのは、黒いダウンジャケットに黒のデニムを合わせた百八十センチ超えの大男、海里の兄の哲治である。

兄弟揃って来店するのは珍しく、どうしたの、と史生は二人を見比べた。

「機種変更でもするの？　それとも家族割引きサービスの変更？」

「いや、俺はフミに用事があって来ただけだ。この後ちょっと時間くれ」

哲治は史生と同い年なので誘い方にも遠慮がない。それを横から海里が遮る。

「ちょっと、俺の方が先にフミちゃんに声かけたんだけど？」

「あ？　お前がフミになんの用だよ」

「なんの用って、そりゃ……」

兄弟喧嘩でも始まるかと思いきや、二人は急に押し黙って史生を見た。

「俺もフミちゃんと話がしたいんだ。多分、兄ちゃんも一緒の方がいい」

「……同感だ」

真顔で見下ろされ、史生は訳がわからず瞬きをする。どんな話をされるのか皆目見当がつか

3

なかったが、二人が浮かべる重苦しい表情から察するに、楽しい話ではなさそうだ。

接客中に着ていたスーツを脱いで、ジーンズにセーターというラフな服に着替えた史生は薄手のトレンチコートを羽織って外に出る。

店の外に出ると春の夜の湿った匂いが鼻先をくすぐった。忙しかった三月ももう終わりだ。この時期は進学だの就職だので、携帯電話の契約に関わる相談が増える。

天井にアーケードを張った商店街は軒並み二十時にシャッターを閉めてしまうので閑散としている。人通りも少なくなった商店街を見回せば、携帯ショップの斜め向かいにあるクリーニング店の前で海里と哲治が手持無沙汰(てもちぶさた)に史生を待っていた。哲治は史生の顔を見るなり、「フミの店に行こう」と言って先頭を歩き始めた。

商店街を抜けるとすぐ目の前には駅がある。史生の勤める携帯ショップは駅の北口にあり、南口には飲み屋が軒を連ねている。

駅を突っ切って南口に出れば、狭い路地に飲み屋が建ち並び、赤い提灯(ちょうちん)が道路にちらちらと光を落としていた。どこからともなく焼き鳥の煙が漂ってくる路地には足取りのあやうい酔客も多く、それらをかわしながら路地を進めば、やがて濃い紫の暖簾(のれん)がかかった店が現れる。

「いらっしゃい！　あら、哲治君？」

暖簾を潜(くぐ)るや、中から威勢のいい女性の声と甘辛い料理の匂いが溢れてきた。L字のカウンター席しかない店は十人も客が入れば一杯で、席はすでに半分以上が埋まっている。従業員はひとり。カウンターの中で紺色の調理服を着ている女性こそ、史生の母の初子である。

「海里君も来てくれたの？　あら珍しい、史生まで」

哲治が「お久しぶりです」と頭を下げ、海里も「おばちゃん、こんばんは」と笑顔を見せる。

初子は三人をカウンターの隅に座らせると、てきぱきとおしぼりやお通しを用意した。

「海里君、髪の色随分明るくしたわねぇ。哲治君に染めてもらったの？」

「まさか。兄ちゃんにお願いしたらぼったくられるんで」

海里の右隣に座った哲治が、「ああ？」と凄んで海里の頭を片手で掴む。

「技術料に金払うのは当然だろうが。それに俺ならこんなに汚く染めねぇよ」

「汚くはないよ！　ねえ、フミちゃん？」

左隣に座る史生に海里が同意を求めてくる。史生の目にはほとんど色ムラなど気にならないが、美容師である哲治から見ると処理が甘いのだろう。

なんだかんだと仲のいい兄弟を横目に史生がビールを三つ注文すると、初子は一瞬きょとんとした顔をして、すぐ腑に落ちたように手を叩いた。

「そうか、海里君もう成人してるのよね。変な感じ、まだ中学生みたいな気分だったのに」

「えぇ、俺そんな童顔です？」

海里が片手でつるりと自分の顔を撫でる。若干幼さは残るものの、年相応の屈託のない笑顔だ。むしろ目を惹くのは、ぱっちりとした目に長い睫毛が愛くるしい中性的な顔立ちの方だろうか。その向こうに座る哲治は骨格ががっしりして目つきが険しいので、同じ兄弟でも随分と印象が違う。

二人の間に直隆がいたらまた少し感じ方が違うのかな、と史生は思う。

哲治と海里の上にはもうひとり兄がいる。史生より五つ年上の長男だ。

直隆はすっきりと整った顔立ちの美丈夫だった。海里の優しい目元と哲治の男らしい骨格を併せ持ち、三人とも毛色の違う美形ながら、一緒にいると不思議と共通の雰囲気を漂わせていたものだ。

「それにしても、こうして貴方たちが揃ってお店でお酒を飲む姿が見られるなんて感慨深いわ。お店を始めたとき、海里君はまだお母さんのお腹にいたのよね」

しっかりと味の染みた厚揚げを器に盛りながら初子が目を細める。

「父さんと母さんがこの店を開いたの、僕が四歳のときだっけ?」

「そうよ、史生が生まれてすぐに会社辞めるって結構無茶苦茶だよね?」

「子供生まれてすぐにお父さんが脱サラして」

海里が口を挟んできて、こら、と横から哲治に睨まれている。

初子は朗らかに笑って、厚揚げと一緒に山盛りのポテトサラダを海里の前に置いた。店で出される料理は全て初子の手作りだ。二十年近く、母はひとりでこの店を切り盛りしてきた。

史生の父親は元々東京の企業に勤めていたそうだ。休日返上で仕事に励み、帰りはいつも終電越えで、妻が妊娠しても子供を迎える準備すらできない現状に見切りをつけて脱サラした。小さな居酒屋を夫婦でやりくりしながら子育てしようと夢を抱いて田舎に越してきた父親は、しかし店がオープンして間もなく他界した。心筋梗塞（こうそく）だった。長年の過労がたたったのではないかと噂（うわさ）されたが真偽のほどは定かでない。

残されたのは幼子を抱えた母ひとりである。すでに店はオープンしてしまい、店を畳んでも借金は残る。後戻りはできず店を続けることになったが、問題は史生だ。店は基本的に夜の営業で、小さな子供を預けられる場所などない。

途方に暮れていた初子に手を差し伸べてくれたのが、隣に住んでいた生島家だった。

当時の生島家は、まだ母親の腹にいた海里を含む三兄弟とその母親、祖母の五人家族だった。三兄弟の母である翠（みどり）は結婚前から老舗デパートに勤務しており、今もフロアチーフとして采配を振るっている。夫は婿養子だったらしいが、海里を妊娠している最中に浮気をしているのがばれて翠に三下り半を叩きつけられたらしい。

事情は違えど、互いに夫がなく子を抱えている女が二人。協力して子育てをしていこうと話がまとまるのに時間はかからなかった。

朝は早々に出かけてしまう翠に代わり、初子が生島家にやって来て三兄弟と史生に朝食を食べさせ、身支度を整えさせて保育園へ送った。夕方になると再び初子が四人を迎えに行って、生島家に子供たちを送り届け出勤。入れ替わりに翠が帰ってきて子供たちに夕食を食べさせ、風呂に入れ、寝かしつけるところまでやってくれた。

そんな状況だったので、生島家と秋月家のつながりは未だに深い。単なるお隣さんではなく、ほとんど親族のような関係だ。

「そういえば、直隆君は元気？」

肉じゃがを出しながら初子が尋ねると、二人で奪い合うようにポテトサラダを食べていた海里と哲治の箸がぴたりと止まった。かなり不自然な動作だったが、カウンター内で忙しく立ち働く初子は気づいていない。

「直隆君たらお正月もお盆も帰ってこないんだもの。少しは連絡取り合ってるの？」

「そうだよ。たまには帰ってくるように二人からも言ってよ」

史生も一緒になって二人に詰め寄るが、どちらも黙してこちらを見ない。

以前から薄々察してはいたが、哲治と海里はあまり直隆と仲が良くないようだ。不仲と言うほど表立って対立しているわけではないのだが、どことなくよそよそしい雰囲気がある。

単純に距離の問題もあるだろう。海里と哲治は実家暮らしで毎日顔を合わせているが、直隆は地元の大学を卒業して東京で就職してしまった。以来ほとんどこちらに帰ってこない。

初子もそれは悟っているらしく、化粧っ気のない顔に呆れ顔を浮かべた。

「どうしたの二人とも、子供の頃はあんなに直隆君と仲が良かったのに。うちの史生なんて未だに直隆君にべったりよ？」

「べ、別にべったりしてないよ。もう何年も会ってもいないし」

「でも毎年カリン酒を直隆君に送ってあげてるじゃない？」

初子の言葉に、哲治が驚いたような顔で史生を見た。

「あのカリン酒、フミが用意してたのか？　てっきりお袋が用意してるのかと……」

「い、いや、近所のおじさんが毎年分けてくれるから、お裾分けに」

「嘘よ、嘘。おじさんにカリン酒作ってもらうためにカリンの木の手入れまで手伝ってるんだから」

母さん！　と史生は声を荒らげる。

初子の言う通り、史生は毎年ご近所さんが自宅で作っているカリン酒を分けてもらって直隆に送っている。翠が季節ごとにインスタントラーメンや缶詰を段ボール箱一杯に詰めて直隆に送っているので、それに紛れ込ませてもらっているのだ。

初子は悪びれもせず笑いながら、カウンター内でウーロン茶を飲んだ。

「直隆君、こっちにいたときはよく風邪で喉を痛めてたから心配なんでしょ。でもねぇ、直隆君の就職先ってアルサトでしょ？　そんな民間療法みたいなもの勧めなくても、会社で幾らでもお薬出してもらえるんじゃない？」

「病院じゃないんだから薬はもらえないよ」

「そう？『なんでもあるさ、ある、ある、アルサト！』でしょ？」

テレビからよく流れてくるコマーシャルのフレーズを口にして、初子は楽しそうに笑う。

アルサトは直隆が就職した会社で、東京にある大企業だ。戦前からある繊維会社で、創立当初は『有郷』という表記だったらしい。高性能繊維や樹脂、フィルムなどのマテリアル事業の他、医薬、在宅医療、ＩＴなども幅広く扱っている。繊維のイメージが先行しがちだが、医療もＩＴもなんでもあるさ、ということで例のコマーシャルフレーズが生まれたらしい。

直隆がアルサトに入社すると決まったときは、地元でちょっとした騒ぎになった。地元にもアルサトの営業所はあり、そちらに内定が決まるだけでも大ごとなのに、直隆は本社採用を勝ち取ったのだ。上京する前日は直隆の実家に親族たちが集まって、盛大な壮行会が行われたのも語り草になっている。

「とにかく、二人ともカリン酒のことは直隆さんに黙っててね。気を遣わせたくないし」

話を打ち切るように海里と哲治に言い放ったが、なぜか二人とも重苦しい表情で俯（うつむ）いてこちらを見ない。

どうしたの、と声をかけると、海里がぎこちない動作で顔を上げた。実はね、と、隣にいる史生にだけ聞こえる声量で呟（つぶや）く。

「直隆兄ちゃん、帰ってくることになったんだ」

心配顔で二人の顔を覗（のぞ）き込んでいた史生の顔から、すとんと表情が抜け落ちた。

瞬きをひとつして、海里の向こうに座る哲治に視線を向ける。哲治もまた思い詰めたような表情で、ガリガリと後ろ頭を掻いている。

二人の顔を交互に見て、史生はゆっくりと姿勢を正した。

「それって……、久々にこっちに帰省するとか、そういう……？」

「その程度のことなら、わざわざ俺たちがお前の職場まで押しかけるわけないだろ」

「え、じゃあ、まさか本当にこっちに……戻ってくるとか？」

半信半疑で尋ねれば、海里と哲治が揃って頷(うなず)いた。

「こっちの支社へ異動になったらしい。四月から、実家に兄貴が帰ってくる」

哲治の言葉に目を見開いて、史生は慌ただしくジーンズのポケットを探り携帯電話を取り出した。画面に表示された今日の日付を確認して、ひゅっと鋭く喉を鳴らす。

「し、四月って、一週間後のことだよね⁉　え、ま、まさか来年の……⁉」

「いや違う、今年だ。一週間後」

「兄ちゃんの部屋はそのままにしてあるし、すぐに帰ってこられるからってぎりぎりまで俺たちにも連絡してくれなかったんだよ」

「ま、待って！　なんで？　なんで本社からこっちに異動なんて……⁉」

「それもわかんねぇんだよ。俺たちには一切連絡よこさねぇから。お袋だって今朝の電話で初めて知ったとか言ってたし」

史生の狼狽ぶりを見て、哲治は小さな溜息をつく。

「フミにもなんの連絡もいってねぇか。もしかしたら、と思ったんだが」

「そうだよ、フミちゃんは直隆兄ちゃんと仲良かったから」

まさか、と史生は掠れ声で呟いた。直隆から個人的な連絡など来るはずがない。差出人がわからぬようにカリン酒を送っていたのは、史生が送ったとばれたら直隆に受け取りを拒否されるのではないかと危惧したからだ。

史生は呆然とした顔で椅子に座り直すと、カウンターに肘をついて頭を抱えた。

「……本当に、帰ってくるの？」

思いがけず低い声が出てしまい片手で口元を覆う。海里と哲治は顔を見合わせ、どうしたどうしたと史生の背中を撫でたり、つむじを押したりした。

「フミは兄貴が帰ってくるのを喜ぶと思ったのに、違うのか？」

「兄ちゃんが東京に行くときも、フミちゃん凄く落ち込んでたよね？」

うん、と史生は顔面蒼白になって頷く。確かに直隆の上京が決まったときは落ち込んだ。直隆はもう地元に帰らないだろうと思ったからだ。東京で落ち着いて、新しい家族を作り、その顔見せに戻ってくることはあるかもしれないが、その頃にはただのお隣さんである自分が生島家に顔を出せるような雰囲気ではなくなっているのだろうと覚悟した。

そうだ、自分は覚悟したのだ。直隆と二度と顔を合わせなくなることさえ。

(だから告白なんてしたのに、また地元に戻ってくるだと⁉)

しかも実家暮らし。ということは再びお隣さんになるということだ。朝のゴミ出しや帰宅の途中でうっかり顔を合わせてしまうかもしれない。

率直に、会いたくない、と思った。

一度は告白するほど好きだった人だが今は会いたくない。一体どんな顔で向き合えばいいのかわからない。こちとら七年も前に告白して、あっさりと振られているのに。

(――会いたくない！)

初恋の相手に対してこんな気持ちを抱くことになろうとは夢にも思わず、史生は崩れ落ちるようにカウンターへ突っ伏したのだった。

四歳で父を亡くしてから、史生は一日の大半を保育園と生島家で過ごした。

海里を抱いた初子と哲治と両手をつないで保育園を出ると、自宅には寄らずまっすぐ生島家の門を潜る。生島家は庭つきの一軒家で、玄関の大きな引き戸を開けるといつだって薄く夕飯の匂いがした。

手を洗い、哲治と競い合うように廊下を走って台所に飛び込めば、そこには必ず直隆がいた。祖母と一緒に夕飯の支度をしながら、史生たちを振り返って「お帰り」と笑う。

あのゆったりした口調を思い出すと、今なお胸に甘い疼きが走る。

直隆は物静かな少年だった。自分の話をするより他人の話を聞いていることの方が多く、史生のとりとめのない話にも飽かず耳を貸してくれた。史生の言葉に相槌を打ちながら、切れ長の目をゆるりと細めるあの顔に何度見惚れたかわからない。

当時、史生は直隆のことを『ナオちゃん』と呼んでいて、誰憚ることなく「ナオちゃんが好き」と公言していた。保育園の友達にも、先生にも、生島家の人たちにも、直隆本人にすら面と向かって言った。そういうとき直隆は、照れるでもなく静かに笑って「ありがとう」と言ってくれたものだ。「嬉しいな」と言い足されると史生まで嬉しくなった。

そんな調子で直隆への好意を隠しもしなかった史生だが、「好き」という言葉は十歳のときに深く封印されることになる。

夏休み前のことだった。史生はその日、海里と哲治、その他にも数人の友人たちと自宅近くの公園でかくれんぼをしていた。公園の周囲には背の高いクヌギの木が植えられ、その下にはつつじが密に茂っていた。

史生は背の低いつつじの木を掻き分け、その場にしゃがんで息を潜める。かくれんぼは得意だった。探す方ではなく、隠れる方が。奇抜な場所に忍び込むわけではないのだが、丁寧に身を隠すので大人でもなかなか見つけられない。

遠くで「もういいかい」の声が聞こえる。公園中で「もういいよ」と返事がして、早速誰かが鬼に見つかったのか歓声が上がった。

ひとり、またひとりと鬼に発見されていく。

史生もそわそわと隠れていたら、鼻先にぽつりと水が落ちた。雨だ。

晴れていた空が一瞬で掻き曇る。見る間に雨脚が強くなって、史生はその場で膝を抱えた。

程なく子供たちの声が雨音に掻き消された。中腰になって公園の様子を窺ってみるが、雨にけぶる園内には人気がない。皆どこかへ避難したか。

史生はなす術もなくつつじの中に身を隠す。このまま雨がやむのを待つしかない。傍らに立つクヌギが大きな枝葉で雨を遮ってくれて直撃こそ免れているものの、木々の隙間からたまに滴る水が肩を濡らして冷たかった。夏とはいえ、雨交じりの風が体温を奪っていく。

どれくらい膝を抱えていただろう。背後のつつじががさりと掻き分けられて顔を上げた。

「こんな所にいたか」

笑いを含んだ声がして、周囲の空気が青く色づいた。

空気を青く染めたものの正体は、頭上に広げられた大きな傘だ。史生の後ろから青い傘を差しかけていたのは、中学の制服を着た直隆だった。

直隆は周囲を見回し、傍らのクヌギの木を見て、ゆっくりと史生に視線を戻すと「案外濡れてないな」と笑った。

「哲治と海里が、『フミちゃんのこと置いてきちゃった』って真っ青になってたぞ」

「……二人はもう、帰っちゃったの？」

「うん。公園を出る前にフミを探したけど、どこにもいないから先に帰ったのかと思ったって」

史生は表情もなく直隆の言葉に耳を傾け、置いていかれたんだ、と理解する。

二人に悪意がないことはわかっている。けれど疎外感は拭えない。物心つく前から生島家に入り浸り、本物の家族のような気分でいたが、そうではないことを理解し始めていた頃だ。

雨に濡れた肩がすぅすぅと冷たい。どうしてかみぞおちの辺りも濡れたように冷たくて、膝頭の間に顔を埋めた。膝を抱えてしゃがんでいたのだから胸に雨が当たるはずもないのに。

フミ、と優しい声で名前を呼ばれる。動かずにいたら、背中に温かな手が添えられた。

「フミのこと置いていってごめん。海里が転んで鼻血を出したみたいで、哲治も焦ってたんだ。血だらけの海里をおんぶして帰ってきた」

血だらけ、という言葉に反応して史生は顔を上げる。

直隆は史生の背中に手を置いたまま、「大丈夫」と目を細めた。

「鼻血はもう止まってたから大丈夫だよ」

「……ほんと？」

「本当。心配しなくていい、フミは優しいな」

おいで、と手を差し伸べられ、ためらいながら直隆の手を取り立ち上がった。

直隆が中学生になってからは一緒に外で遊ぶ機会も減って、こんなふうに手をつなぐのも久し振りだ。どのくらいの力で手を握り返せばいいのかわからず緊張した。

小学四年生になった今も、史生は学校が終わると生島家へ向かい、一家とともに夕食を食べて風呂に入り、哲治や海里と布団を並べて眠る。けれど直隆は高校受験が近いせいか、最近は塾で忙しく顔を合わせる時間があまりなかった。

だからだろうか。こうして肩を並べるのが久々だから、手をつないでいるだけで妙に心臓が煩(うるさ)いのか。

「フミ？　まだ怒ってる？」

深く俯いて歩いていたら、直隆が案じるような顔で史生の顔を覗き込んできた。その顔を直視できなくて顔を背ければ、へそを曲げているとでも勘違いされてしまったらしい。

直隆は弱り顔で空を見上げ、雨がやみかけているのを確認して傘を閉じた。

「久しぶりに、おんぶしてやろうか」

畳んだ傘を腕にかけ、直隆が史生に背中を向けてしゃがみ込む。

おんぶなんて本当に久しぶりですぐに反応できなかった。最後にしてもらったのはいつだろう。小学校に上がる前かもしれない。

うろたえて動けない史生を振り返り、直隆は肩越しに笑う。

「弟たちがフミのこと置いていっちゃったから、そのお詫(わ)び」

ワイシャツを着た直隆の背中は、子供心にも大きく見えた。おずおずと肩に手をかけると、すぐさま膝の裏をすくわれてふわりと体が宙に浮く。

「フミは軽いなぁ。哲治より軽い。海里ぐらいかもしれない」

史生を背負って、直隆はゆっくりと歩き出す。

史生の体を受け止める直隆の背は温かかった。足取りは軽やかで、公園から自宅へ向かう見慣れた風景がみるみる後方へ流れていく。

直隆の肩に置いた手を不用意に動かすこともできず、史生は小さく口を開く。ナオちゃん、と呼ぼうとして、でもその後になんと言えばいいのかわからなかった。

「ありがとう」だろうか。それとも「嬉しい」か。昔だったら迷わず直隆の首に抱きついて、大きな声で「ナオちゃん、好き」と言っていたはずだ。

でも言えなかった。それまでごく自然に口にしていた「好き」という言葉が、なんだかとても恥ずかしい言葉のように思えてしまって口を閉ざす。

そのときを境に、史生は直隆に向かって気楽に「好き」と言えなくなった。史生の中で、「好き」の意味が変わった瞬間だ。

自分の中に芽生えた目新しい感情に戸惑っていた史生がさらなる異変に気づいたのは、前方に生島家の門扉が見えてくる頃のことだった。

「……ナオちゃん、熱ある？」

うん？　と直隆はのんびりとした返事をする。けれど直隆の背中に胸をつけている史生はわかってしまう。直隆の体は温かいを通り越して熱いくらいだ。追及しようとしたら、道路に哲治と海里が飛び出してきた。

「フミ、ごめん！　お前がまだ公園にいたと思わなくて！」

「フミちゃーん、ごめんー！」

海里はまだ鼻の穴にティッシュを詰めていた。二人が足元に絡みついてきて、直隆も史生をその場に下ろす。熱の件はそこでうやむやになってしまったが、史生はしばらく直隆の背中の熱さを忘れることができなかった。

その晩、直隆は普段通り夕食を食べ、風呂に入って自室に戻った。期末試験が近いから直隆の部屋には近づかないように、と祖母の妙(たえ)から言い含められていた史生たちは大人しく三人で寝床に入ったが、史生はなかなか寝つけない。

夕食のときも直隆は平気な顔をしていたし、やっぱり熱なんてなかったのではないかと思ったが、どうしても気になって哲治と海里が寝つくのを待ち直隆の部屋へ向かった。

直隆の自室は二階だ。一階の居間ではまだ翠や妙が起きているらしく微(かす)かな物音がする。足音を忍ばせ、そっと直隆の部屋のドアを叩いたが返事はない。眠ってしまったのかと薄くドアを開けると、既に室内の明かりは落ちていた。ベッドの上の布団は膨らんでいて、直隆はもう眠っているらしい。ほっとしてドアを閉めようとしたら、布団の中で低い呻(うめ)き声がした。

驚いて、史生は足音を隠すのも忘れてベッドに駆け寄った。布団の上から「ナオちゃん」と声をかけると、もぞもぞと布団が動いてその下から直隆が顔を出す。

「……フミ？　どうした、こんな時間に」

「ナオちゃんこそどうしたの？　どこか痛い？」

暗がりの中でもわかるくらい直隆の顔は赤かった。やはり熱があるのだ。翠に助けを求めようと踵を返すと、すぐさま直隆が起き上がって史生の腕を摑んだ。

「大丈夫、母さんたちは呼ばなくていい。よくあることなんだ。一晩眠れば治るから」

直隆の手はひどく熱かった。その上がっしりと史生の腕を摑んで振り払えそうにない。困惑しながらも再びベッドに近寄ると、同じ速度で直隆の指から力が抜けた。

熱のせいか気だるい表情で壁に寄りかかる直隆を、史生は心配顔で見上げる。

「……お薬いる？」

「薬ならもう飲んだから大丈夫」

「もしかして、雨が降ってるのに僕のこと迎えにきたから……？」

違うよ、と直隆は笑って、史生の頭を軽く撫でた。

「今日だけじゃなくて、少し前からずっとね。ちょっと具合が悪かったんだ。でも母さんたちには言わなくて大丈夫。本当によくあることだから」

直隆は目を伏せ、ゆっくりと息を吐く。胸の内側に留まる淀みを外に出すように。

その沈鬱な表情には見覚えがあった。直隆が中学生になってからとみに見かけるようになった顔だ。決まって試験の前に見受けられる。

「もしかして、試験の前はいつも具合が悪くなるの……？」

史生の言葉に直隆は目を瞠り、何か言い繕おうと口を開いたようだが、すぐに「凄いな」と眉を下げた。

「今まで誰にもばれたことなんてなかったのに、フミにはお見通しか」

「本当にそうなの……？」

「うん。プレッシャーで熱を出すなんて情けなくて誰にも相談できなかったんだけど……」

「ぼ、僕、誰にも言わないから……！」

史生は試験がいかなるものかよく知らないし、プレッシャーという言葉も薄ぼんやりとしか理解していなかったが、直隆がそれを隠したがっていることだけはわかった。事を荒立て、忙しい母親に無用な心配をかけたくないのだろう。史生も同じような境遇だからわかる。勢い込んで約束すると、直隆が目尻を下げて笑った。

「フミは優しいな」

その一言が嬉しくて、以来史生は人知れず直隆の体調を気遣うようになった。

よくよく見ると試験前だけでなく、授業でちょっとした発表などしなければいけないときも直隆は体調を崩しがちだった。成績優秀、スポーツ万能と誉れ高い直隆が、意外なほどメンタルが弱いと知ったのはこのときだ。ストレスで胃腸が弱り、熱を出す。

高学年になると史生は率先して生島家の夕飯の支度を引き受け、試験前は特に直隆の胃腸の負担にならないメニューを食卓に上げるようになった。

直隆はいつも食後に「ありがとう」と史生に声をかけてくれた。それが嬉しかった。好きだと思った。その頃にはもう、「好き」という言葉の裏にある感情に気づいていた。大きな声で伝えられなくなった時点で、それは紛うことなき恋だった。

直隆が就職して東京に行くと決まったのは、史生が十七歳のときのことだ。十歳でぼんやりと自覚した初恋は、既に明確な形を伴い胸に根を張っていた。

もしも直隆が地元で就職をするのなら、この恋心は一生伝えないつもりだった。代わりに家族のように近くにいられたら、それ以上は望むべくもない。

けれど一度都会へ出てしまえば、直隆が地元に戻ってくることはもうないだろう。滅多に会うことも叶わなくなる。新幹線で一時間、在来線で三時間。近いようでいてひどく遠い、そういう場所に直隆は行ってしまう。

直隆が東京に発つ前日は、生島家に大勢の親族が集まって壮行会を行った。実際は直隆の上京にかこつけた飲み会でしかなかったが、盆暮れ正月でもないのにたくさんの人が集まって大宴会が開かれたのは、それだけ親族たちが直隆の立身出世を期待していたからだ。昔から直隆は出来のいい子供だった。その期待に応え続けて摑み取ったのがアルサトの本社内定である。

　宴もたけなわの頃、主役の直隆が席を立った。いい塩梅に酔っ払った親族たちは誰もそれに気づかなかったが、史生だけは違った。二階の自室に引き上げていく直隆を追いかけ、そっと部屋のドアを叩いて直隆を呼んだ。

　その後のことを、正直史生はよく覚えていない。

　これが今生の別れになるかもわからないのだから、最後に想いだけ伝えようと決意したのは宴会の最中だ。しかしいざ直隆の顔を正面から見たら、用意していたセリフなど極度の緊張で飛んでしまった。

　右往左往する史生を見かねて自室に招き入れてくれた直隆に、自分はなんと想いを打ち明けたのだったか。ひどく拙（つたな）い言葉で好きだと伝えた記憶はある。もしかすると幼い頃そのままに、「ナオちゃん、好き」と口走ってしまったかもしれない。その頃には直隆のことを「ナオちゃん」と呼ぶことは滅多になかったはずだが、わからない。

　自分の言葉は思い出せなくとも、そのときの直隆の表情はよく覚えている。忘れたいことほど強く記憶に残るのだ。

　直隆は心底驚いた顔で史生を見て、困ったように視線を揺らし、言葉を探して目を伏せた。

　それだけで史生は十分答えを察したし、すぐにでもその場から逃げ去りたかったが、できなかった。だってこれが最後かもしれない。たとえ断りの言葉でも、直隆からもらえるものはなんでももらっておきたかった。

随分と長いこと沈黙してから、直隆はゆっくりと口を開いた。

「俺も、フミのことは好きだ。でも多分、そういう意味で好きでは、ない」

ゆっくりと、自分の心の中を探るように直隆は言った。表情はどこまでも誠実で、だからこそ胸を絞られた。これが直隆の本心なのだと容易に理解できてしまう。

せめてもと、史生は必死で笑顔のような表情を作る。わかっている。わかっていたけれど、最後だから伝えたかったのだとたどたどしく口にした。

史生を見詰める直隆の顔には、嫌悪どころか戸惑いの表情すらなかった。同性に告白されたのに随分平然としたものだと思ったが、その理由は次に直隆の口から転がり出た言葉で明らかになる。

「フミはきっと、少し勘違いをしただけだよ」

子供をなだめるような笑みを見て、もしかしてこれは本気にされていないのではないか、と思った。兄のように慕っていた直隆が急に遠くへ行ってしまうことになって、動揺した史生が行き過ぎた好意と恋愛感情を履き違えているとでも思ったか。

けれど直隆があまりにも確信に満ちた顔でそんなことを言うものだから、根が素直な史生はうっかりとその言葉を受け入れてしまった。あんなに長いことかけて育てた恋心だったのに、勘違いだったのかもしれないと自分でも思ってしまった。

正確に言えば、そうとでも思わなければ別れの笑顔を浮かべることができなかったのだ。

そうだね、と史生が笑うと、直隆も笑った。

「でも、ありがとう。嬉しいよ」

その言葉を聞いて、ああやっぱり、と史生は思う。

それは史生がまだ幼かった頃、「ナオちゃん、好き！」と言うたびに直隆が律儀に返してくれたセリフそのままだった。


「携帯電話が壊れたんだよ。ほら、ここ、このボタンずーっと押してると電源入るんだろ？でも入んねぇんだ、この前買ったばっかりなのに。不良品か？」

今日も今日とて携帯ショップのカウンター内で、史生はお客様の相談を受けている。向かいに座る七十代の男性は、帰省してきた息子に連れられて正月にこの店で携帯電話を買ったばかりだ。

お預かりします、と携帯電話を受け取り、史生はものの数十秒で原因を解明する。

「電池切れですね」

「えぇ？　この前充電したばっかりだぞ？」

「この前と言うと？」

「三日くらい前か？」

それは電池も切れるでしょう、と言いたくなったが笑顔で呑み込んだ。

相手は「ちょっと前まで一週間くらい充電しなくてももった」と主張している。よほど使っていなかったということか。

「バッテリーが劣化しているようでもありませんし、最近携帯電話を使う頻度が高かったのでは？」

「あー、そういえば、ここのところ毎晩孫から電話がかかってきてたなぁ。三十分くらい」

「それくらいの頻度で使うのであれば、毎日充電してもいいと思いますよ」

史生から携帯電話を返された男性は、電源の入った画面を見て相好を崩した。

「やあ、よかった。直ったな。孫の写真が消えたらどうしようかと思った。ほら、これ」

目尻を下げた男性が見せてくれたのは、携帯電話の待ち受けにされている孫の写真だ。三歳くらいの女の子だった。七五三の写真らしく、着物姿でちょこんと小首を傾(かし)げている。

「たまにしか会えないんだけど可愛くてなぁ。つい長電話になっちまう」

「わかります。会えなくても、声が聞けるだけでも嬉しいですよね」

史生は笑顔で相槌を打ちながら、ふと直隆のことを思い出した。

直隆が上京して間もない頃、生島家に直隆から電話がかかってきたことがある。実家から送られた荷物が届いたというだけの簡単な連絡だ。電話を受けたのは翠だったが、ついでのように側にいた哲治や海里、史生にまで受話器を渡してくれた。

直隆が家を出てからまだ数ヶ月しか経っていなかったが、それまで一緒に暮らしていた家族が急にいなくなってしまうのはやはり淋しく、当時中学生だった海里はもちろん、すでに直隆に対して少しよそよそしくなっていた哲治までが珍しく直隆と長電話をしていた。

史生もそわそわと自分の番を待った。直隆の住むアパートに送った荷物の中には、翠が送った食料品の他に、史生が用意した漢方なども入っていたからだ。慣れないひとり暮らしでまた体調を崩していないか心配だった。

いよいよ受話器が回ってきて、史生は緊張しながら直隆に声をかけた。

「もしもし……？　あの、史生です」

受話器から、短い沈黙が返ってくる。もしもし、ともう一度呼びかけると、ようやく低くくぐもった声で応えがあった。

『聞こえてるよ、久しぶり』

電話口で聞く直隆の声は小さくて、受話器を強く耳に押しつけた。

「あの、荷物に漢方薬入れておいたんですけど」

『……あれ入れてくれたの、フミだったのか。祖母ちゃんかと思った』

久々に聞く直隆の声は、やけに固くてよそよそしかった。海里や哲治たちとは楽しそうに会話をしていたようなのに。

どうしたのだろうと戸惑い、まさか上京直前に告白なんてしたせいかと思い当たる。

しかし告白された瞬間も、翌日新幹線に乗り込むときも、直隆の態度はこれまでと変わらなかった。弟たちにするのと同じように史生に微笑みかけ、行ってくるねと手を振ってくれたのに。時間を経て、何か思うところでも出てきたのだろうか。

受話器を握りしめ、忘れてください、と言いそうになった。

あの告白は行き過ぎた好意であって、恋ではなかった。勘違いだ。だから忘れてほしいと言いたかったが、背後には生島家の人たちがいる。滅多なことは言えない。

今更下手に意識などされたくなくて、史生はなるべく他愛のない言葉を選ぶ。

「どうですか、お仕事忙しいですか？」

『うん……、それなりに』

「ひとり暮らし、淋しくないですか？」

直隆が返事をする前に、史生の後ろで聞き耳を立てていた海里が噴き出した。

「兄ちゃんに限って淋しがったりしないよ！　東京生活満喫してるって！」

「そうだぞ、フミじゃあるまいし兄貴がホームシックになるわけないだろ」

哲治まで尻馬に乗ってきて、史生は背後の二人を諌める。そんなことをしていたら、直隆が抑揚の乏しい声で『ごめん、もう切るよ』と言った。

それきり通話は切れてしまい、史生は握りしめた受話器を呆然と見下ろした。

あんなに一方的に会話を切り上げられたことなど初めてだった。ただでさえ物理的な距離が開いているのに、心の距離まで広がってしまったようで悲しくなったのを思い出す。

それ以来、史生は直隆宛の荷物に何か紛れ込ませるとき、それが自分の送ったものだとばれぬよう翠に口止めするようになった。どうやら自分の恋心は時間差で直隆に正しく伝わり、困惑とともに退けられたようだと悟ったからだ。

あれが最後に聞いた直隆の声だったかな、などと思っていると、カウンターの向かいに座る男性が懐に携帯電話をしまいながら身を乗り出してきた。

「ところで、生島さんとこの直隆君が戻ってくるんだって？」

奇しくも直隆との記憶を辿っていた史生は、突然出てきた名前に驚いてびくりと肩を跳ね上げる。すでに携帯電話のトラブルは解決したはずなのに、男性はどっかりと椅子に座り込んで立ち上がろうとしない。むしろここからが本番と言いたげだ。

「フミ君は生島さんちのお隣さんだろ？　なんか話聞いてないのか？」

この地域の人たちの情報伝播は恐ろしく速い。その上客の多くは史生の生い立ちを熟知している。このショップに就職した当初、ご近所さんに片っ端から営業をかけたことを今更悔やんだ。

「直隆君はアルサトに就職したんだろ？『ある、ある、アルサト！』ってやつ。東京に行ったのに、なんだってまたこっちに戻ってきたんだ？　左遷か？」

「いやまさか、直隆さんに限って！」

「だよなぁ。昔っから優秀な子だったもんな。だったらなんだ、嫁でも連れてくるのか?」

史生は大きく目を見開く。

そうか。そういう可能性もあるのか。左遷の可能性は見て見ないふりをしていたが、結婚という発想はなかった。結婚して、子供ができて、地元に戻ってくる。あるかもしれない。

「お、やっぱりそうなのか?」

「いえ……僕は、詳しく聞いていないので……」

見る間に顔色を悪くさせながらも史生は無理やり笑みを浮かべる。仮にも接客業だ。カウンター内で絶望的な気分になっていることを悟らせるわけにはいかない。

今日で三月も終わるというのに、海里や哲治は未だに直隆がどうして地元に戻ってくるのかわかっていないそうだ。翠はさすがに直隆と電話でやり取りをしたそうだが、「『帰りたいから帰る』の一点張りよ。でも無職になって帰ってくるわけでもないんだし、好きにしたらいいじゃない」と素っ気ない。

本当に直隆が婚約者でも伴って帰ってきたらどうしよう。想像して、史生は強張(こわば)った笑顔のままひっそりとした溜息をついた。

仕事を終え、身支度を整えて外に出ると雨の匂いがした。

シャッターを閉めた商店街は人気がなく、アーケードを打つ雨の音が細かく響く。

肩から下げた鞄の中を探ってみるが、生憎折り畳み傘は入っていなかった。仕方なく、商店街から駅前のバス停まで一気に駆け抜けた。

史生の自宅は駅前からバスで二十分ほどかかる。バスを下りたらそこからまた少し歩かなければいけないのだが、その頃にはもう雨も止んでいるだろうか。

バスを待ちながら、見るともなく駅の改札に目を向けた。ちょうど電車が到着したところなのか、改札から次々と人が出てくる。行きかう人をぼんやり眺めていた史生は、人混みの中でもひときわ目立つ背の高い男性に視線を止めた。

スーツの上から黒のチェスターコートを羽織り、片手に黒いビジネスバッグを持っている。それだけなのに不思議と人目を惹くのはスタイルがいいからだろうか。背が高いだけでなく肩幅も広く、コートを着た肩のラインが綺麗だった。振り返って背後にいた女性に声をかけているが同伴者か。人混みに押されてよろけた彼女の背に手を添える仕草が洗練されていて、モテそうな人だなと遠目に思う。

雰囲気だけでも十分イケメンだがどんな顔をしているのだろう。好奇心に背中を押されて視線で男性を追った。少し癖のある髪は柔らかな茶色で、額にかかる前髪を自然に横に流している。鼻の高い横顔は彫像のようだ。まさか顔までイケメンなのかと目を凝らし、相手の目鼻立ちを認めるや鋭く息を呑んだ。

駅の軒先で空を見上げ、連れ添っていた女性に困ったような笑みを向けたのは直隆だった。

海里と似た優しい目元に、哲治と同じがっしりした輪郭。こうして目の当たりにするのは数年ぶりだが見間違えるはずもなく、史生はその場で棒立ちになる。

直隆は女性と短く言葉を交わすと、軒先に彼女を残して外に出てきた。傘は差さず、どうやら史生のいるバス停に来るらしい。

とっさにその場から逃げ出しそうになった。直隆が地元に戻ってくるとは聞いていたが、直接顔を合わせる覚悟などまだできていない。思わず後ずさりしたところで直隆が顔を上げ、互いの視線が交差した。

バス停へ向かっていた直隆の足が止まる。

以前、電話口で素っ気ない態度を取られたことを思い出して史生の心臓が硬くなった。気まずそうな顔をされるだろうか。それとも顔を背けられるか。血の気の引く思いで立ち尽くしていると、直隆が再び足を速めて停留所に駆け込んできた。

「史生君、久しぶりだな」

前髪に細かな雨の飛沫(ひまつ)を散らし、直隆は朗らかな声で史生の名を呼んだ。

親し気なその表情にほっとした半面、史生君、という呼び名に小さな引っかかりを覚えた。こちらにいた頃は、フミ、と呼んでくれていたのに。

胸の内に困惑のさざ波が立ったのは一瞬で、お互いもうそんなふうに呼び合う年ではないかと素早く気持ちを切り替える。

「お久しぶりです、直隆さん。もうこっちに来てたんですね」

「ああ、来週から早速出社だからね」

来週というか明後日だ。今日は三月の最終日で、つけ加えるなら土曜である。いつ隣家に直隆が戻ってくるのだろうと待ち構えていたが、こんなにぎりぎりになるとは思わなかった。

直隆は史生と一緒にバスの列に並び、「仕事の帰り？」と声をかけてくる。

頷きながら、史生は横目でちらりと直隆を見た。一瞥（いちべつ）してすぐ目を逸（そ）らすつもりが、顔から肩、胸、また肩に戻って顔、と視線をうろつかせてしまい直隆に苦笑される。

「どうした、変な格好でもしてたかな」

「あ、いえ、そうでなく！」

史生はなんとか直隆から視線を逸らそうとするが上手くいかない。なんだか以前の直隆と違う気がした。

「……直隆さん、大きくなりました？」

直隆が目を瞬かせる。バスが到着して、直隆は史生とバスに乗り込みながら自身の頭に手を置いた。

「さすがにもう背は伸びてないと思うぞ？」

もうすぐ三十だ、と直隆は笑う。

雨で混み合うバスの中、吊革（つりかわ）に摑まった史生は隣に立つ直隆を正視できず、俯いて首を横に振った。

「背が伸びたというより、大きくなったような……？　あの、横に伸びたというか」

「太ったか？」

「ちが……っ、違います！」

慌てて否定すると、柔らかな声を立てて笑われた。

「あっちではジムに通ってたからなぁ。学生の頃よりウェイトは増えたと思う」

脂肪ではなく筋肉が増えたということか。言われてみれば確かに肩幅が広くなって、体も厚みが増している気がする。以前より一回り大きくなった印象だ。

学生時代は少し線の細い印象があったが、数年ぶりに見る直隆は前よりずっと精悍な面立ちになっていた。ジムで鍛えていたせいか、首回りが太くなったようにも見える。それでいて目元にかかる睫毛はばさりと長い。作り物めいて美しい横顔だ。

（こんな顔を間近で見てたんだから、恋してるって勘違いしても仕方ないよな）

当時の自分が直隆に対して抱いていたのは、きっと恋ではなく強い憧憬だった。告白なんてしてしまったのは、なんでもかんでも恋に結びつけてしまう思春期特有の勘違いだろう。

あの告白を直隆はもう忘れただろうか。忘れてくれればいいと思う。史生だって蒸し返されたら恥ずかしい。憧れと淋しさと恋しさを混同してしまっただけの気の迷いだ。

いつの間にか会話は途切れて、史生はじっと窓を見詰める。

車内が明るいせいで、窓ガラスには史生と直隆の姿がくっきりと映っていた。目を伏せてこちらを見ない直隆の顔を、史生は熱心に視線で辿る。

直隆に恋をしていると思い込んでいた子供の頃は、直隆のことならなんでもかんでも知りたかった。高校や大学でどんな人と出会い、どんなつき合いをしているのか。五歳という年の差ゆえ、同じ学舎に通えないことが益々(ますます)史生の好奇心を煽(あお)った。

あのときの悪癖が顔を出して、またしても史生は知りたいと思っている。先程駅前で一緒にいた女性は誰だろう。

(まさか……本当に結婚する、とか)

めでたいことだ。そう思うのに口元が引きつる。笑顔で「おめでとう」と言えるか自信が持てない。まだ当時の感情を引きずっているのか。

「そろそろ着くな」

直隆に声をかけられ我に返った。すでに駅から大分離れていたので乗客も少なくなっている。直隆が降車ボタンを押すと、間もなくバスが停車した。

屋根もない停留所に降りてみると、雨は先程より強くなっていた。バス停から自宅までは歩いて十分ほどだ。走って帰ろうかと思っていたら、直隆がビジネスバッグの中から折り畳み傘を取り出した。

ぽん、と軽やかな音を立てて傘が開く。

青いナイロンの布が外灯の光を透かし、雨を含んだ夜の空気が薄い青色に染まった。

たったこれしきのことで、記憶は鮮やかに過去へと戻る。友達とかくれんぼをして、史生だけ公園に取り残されたあの日、直隆は青い傘を差して史生を迎えに来てくれた。

頭上に広がる傘から目を逸らせない。あの日、史生を背負ってくれた大きな背中の感触を思い出し、胸の底に埋めた恋心をごっそり掴み出された気分になった。

「行こう」

直隆が史生に傘を差しかける。どうせ行き先は一緒だ。固辞することもできず、史生は小声で礼を言って傘に入った。

小さな傘の下、互いの腕がぶつかる距離で無言のまま歩いていると息が詰まりそうで、あの、と史生は控えめに声を上げた。

「直隆さん、いつこっちに来たんです……？」

「今日の昼。東京のアパートには朝一で引っ越し業者に来てもらって、荷積みを済ませた後、車でこっちに来た」

「じゃあ、さっき駅にいたのは？」

「支社に顔を出しにいってたんだ」

「あの、だったら……、さっき駅で一緒にいた人は、会社の人ですか……？」

直隆からの返答が途切れ、雨音が傘の内側で柔らかく弾（はじ）ける。

直隆がこちらを向く気配がしたが、史生は顔を上げられない。別に深い意味はなかったのに、妙な勘繰りをされてしまいそうで怖い。

しばらく雨音だけが続き、その隙間を縫うように直隆が笑った。

「そんなふうに見えたか？」

吐息を含んだ声にどきりとする。問われたところで、直隆の隣にいた女性がどんな格好で、どんな表情をしていたのかすらまともに見ていない。数年ぶりに会った直隆に視線は釘づけだったのだ。

言葉もなく口をぱくぱくさせていると、直隆の視線がするりとほどけた。

「会社の人間じゃなく、高校の同級生。電車の中で偶然会ったから声をかけたんだ」

「そ、そうですか。高校の……。凄い偶然ですね。友達、ですか」

直隆が前を向いたことにほっとして、喉元に詰まっていた息と一緒に余計な質問まで口に出してしまった。途端に直隆の歩調が鈍くなって、あたふたと口をつぐむ。余計な詮索（せんさく）だっただろうか。

家に着くまでの時間を引き延ばすようにゆっくりと歩き、直隆は唇に笑みを刷（は）く。

「友達だよ」

「そ、そうですか」

「恋人でもなければ元カノでもない」

「へ、な、なんでそんな話になるんです?」

　無様に声が裏返った。動揺が隠せない。直隆は前を向いたまま、横目で史生を見て目を細めた。史生君、と名前を呼ばれ、その耳慣れない響きに意識を奪われる。

「まだ俺のことが好きか?」

　足元でばしゃんと水が跳ねた。水たまりに足を突っ込んでしまい、スニーカーにじわじわと水が染み込んできたがそちらに目を向ける余裕はない。一瞬で首から上が熱くなり、しかし背筋は冷たくなって、史生は勢いよく直隆から顔を背ける。

「や、やめてくださいよ!　それ、僕の黒歴史なんですから!」

「黒歴史?　俺に告白したことが?」

　忘れてほしかった記憶はしっかりと直隆の中に残っているようで、史生は本気でこの場から走り去りたくなった。しかしそんなことをすれば気まずい空気が後々まで残るのは目に見えていて、死ぬ気で笑顔を作って直隆を振り仰ぐ。

「そうです、子供の勘違いです。やだなぁ、忘れてくださいよ。僕もう、彼女もいるのに」

　最後の言葉は完全なる嘘だ。現在史生に彼女などいない。もっと言うなら、現在に限らず彼女がいたためしすらない。直隆への想いは勘違いだったという部分を強調したいがための無益な嘘だ。

　直隆は史生を振り返り、まじまじと顔を覗き込んでくる。唇に薄く笑みが乗っているが、目だけがどこか真剣だ。何か見定められているのだろうか。

息を詰める史生の前で、直隆は薄く目を細めた。

「だったら、今度彼女を紹介してくれ」

ぐぅ、と喉の奥で異音がした。悲鳴を無理やり呑み込む音だ。完全に墓穴を掘ってしまったが、掘った穴はすぐ埋められない。脂汗を掻きつつ「機会があれば……」と応じれば、「いくらでもあるさ。今日からまたお隣同士なんだから」と朗らかに言い返されてしまった。この調子だと社交辞令ではなく、本気で史生の彼女と会いたがっているらしい。

そうこうしているうちに史生の自宅の前までやってきた。庭つきの生島家とは比べるべくもないが、史生の家もこぢんまりとした一軒家である。それじゃあ、と直隆に背を向けようとすると、直隆に傘を手渡された。

「貸すよ」

うっかり傘を受け取ってから、えっ、と史生は目を見開く。

「いや、僕の家ここですし、直隆さんの家はまだこの先ですし！」

「どうせ目と鼻の先だろう？」

「直隆さんの家は外門潜ってからもちょっと歩くじゃないですか⁉」

いいから、と笑い、直隆はコートの裾を翻して史生に背を向けてしまう。追いかけることもできず立ち尽くす史生を振り返り、軽く手を振ってから門を開けて中に入っていった。

傘の表面をぱらぱらと雨が叩く。間断なく続く雨音に耳を傾け、史生はゆるゆると頭上を見た。傘を透かして射す外灯の光が薄青い。

直隆の傘を光に透かしていると、自分が十歳の子供に戻っていくようで強く胸元を握りしめた。

なんだかそこから、忘れたはずの当時の気持ちが溢れてきてしまいそうだったからだ。

直隆が地元に帰ってきてからというもの、史生は来店客から事あるごとに直隆について訊かれるようになった。アルサトという大企業の本社に勤めていた人間が地元に異動になるなんて、何かよほどの理由があったのではと気になるらしい。しかし不名誉な理由で異動になった可能性を考えると、本人に直接尋ねるのは憚られるようだ。だからといって史生に訊かれてもわからない。家が隣同士とはいえ、昔ほど互いの家に交流があるわけではなく、地元に戻ってきた直隆と口を利いたのもまだほんの一度だけだ。

職場だけでなく、スーパーやコンビニで会うご近所さんにも直隆のことを尋ねられてさすがに閉口していた金曜の夜、携帯電話に哲治からメッセージが届いた。今から家に来られないかという。

すでに自宅で夕食を済ませていた史生は、『すぐに行く』と気楽に返して隣家へ向かった。

周囲からあまりに直隆について訊かれるので、史生も探りを入れたいと思っていたところだ。

慣れた足取りで生島家の門を潜り、玄関の呼び鈴を押すと奥から哲治の返事があった。戸口に鍵はかかっておらず、史生もためらいなく玄関を上がって茶の間の襖を開く。

テレビと茶箪笥の置かれた茶の間には、哲治だけでなく海里の姿もあった。二人して掘りゴタツに足を突っ込んでいる。四月とはいえまだ寒い日もあるのでコタツ布団はそのままだ。コタツの上には数本の缶ビールとミックスナッツが並んでおり、すでに顔を赤くした二人が「お疲れ」と手を上げる。

「どうしたの。飲みのお誘い？　おばさんは？」

「お袋は仕事。兄貴もまだ帰ってない」

答えながら哲治が缶ビールを手渡してくる。直隆と会ったらどんな顔をするか決めかねていた史生は、人知れず胸を撫で下ろしてビールを受け取った。

「早速なんだが、今日はお前に頼みがある」

史生がビールを開けるのを待って哲治が口火を切る。ビールは頼みとやらの対価らしいと気づいて、抜け目がないなと史生は肩を竦めた。

「僕にできることなら協力するけど、内容によるよ？」

「大丈夫だよ、フミちゃんにしかできないから」

向かいに座る海里が身を乗り出してきた。酒が回っているのか少し舌ったらずになっているが表情は真剣だ。

海里は史生の視線をしっかりと捉えると、普段より格段に低い声で切り出した。

「直隆兄ちゃんがどうしてこっちに戻って来たのか、本人に訊いてみてほしいんだ」

史生は目を丸くして、斜向かいに座る哲治に視線を向ける。哲治も酒のせいで目元を赤くしているものの張り詰めた表情だ。きっと史生が来る前に、二人して酒を飲みながらあれこれ相談したのだろう。

史生は二人の顔を交互に見ると、手元のビールに視線を落とし、勢いよく缶を持ち上げた。

「いや無理でしょ！」

言うが早いかビールの底を天井に向ける勢いで中身をラッパ飲みにする。「フミ！」「フミちゃん！」と二人が悲壮な声で叫んだが知ったことか。半分ほど中身の減った缶を遠慮なく天板に打ち下ろして二人を睨む。

「実の弟に訊けないことが僕に訊けるわけないじゃないか！　無茶言わないでよ」

「実の弟だからこそ訊けないんだよ！　だって一緒に暮らしてるんだから、四六時中顔を合わせることになるんだよ？　とんでもない理由だったらどうすんのさ」

史生の缶の口からビールが飛び散って、海里はティッシュボックスを手元に引き寄せながら訴える。そうだぞ、と哲治も身を乗り出してきた。

「会社の命令にしたたって急過ぎるだろ。何があったかと思うじゃねぇか。もしかすると不祥事的なもんかもしれねぇ」

「だとしたらますます僕なんかに話してくれないよ。家族でもないのに」

「だから……っ、家族じゃないから言えることもあるだろぉ!?」

取りつく島もない史生に焦れたのか、哲治が珍しく情けない声を上げる。万策尽きたようなその顔を見たら若干憐憫の情が湧いた。史生はテーブルに置かれたミックスナッツの袋に手を伸ばし、アーモンドを選んで口に放り込む。

「直隆さんがこっちに戻ってきてからもう一週間も経ってるのに、家の中でそういう話題は全然出ないの?」

哲治と海里は顔を見合わせ、うん、と子供のように頷き返した。

「まず兄貴と顔を合わせる機会がほとんどない」

「どうして? 部屋に引きこもってるとか?」

「そうじゃなく、とんでもなく朝早く家を出ていくんだ。その上帰ってくるのが遅い」

「まだこっちに戻ってきたばっかりなのにさぁ、アルサトってこんなにブラックな会社だったのかって恐ろしくなるくらいの激務っぷりだよ」

その上真夜中に招集がかかって家を出ていくこともあるらしい。

「待って、直隆さんの職種って何? 営業?」

「東京では購買部にいたらしいけど、こっちでは営業部に配属されたんだって。ねえフミちゃん、勤務地だけじゃなくて部署まで替わるなんて、ちょっとおかしいと思わない？　もしかして直隆兄ちゃん、会社の暗部に触れちゃったんじゃ……？」

「それで会社から嫌がらせされてこっちに飛ばされて来たんじゃねぇかと俺たちは睨んでる」

「……何、会社の暗部って」

ドラマか映画の見過ぎではないかと思うのだが、二人は至って真面目な顔だ。アルコールで思考力が多少低下しているのかもしれない。

とはいえ、本社から地方支社へ飛ばされ、部署まで変わって、挙句真夜中の招集まであるのだから嫌がらせのように見えなくもない。

哲治はビールを一口飲んで、アルコール臭い溜息をついた。

「兄貴はこれまで順風満帆な人生歩んできただろ？　それが三十路目前で地方に飛ばされて、こんな扱い受けて……、下手に探りを入れるとぽっきり心が折れちまいそうで怖いんだよ」

それでこの一週間、転勤の理由を尋ねることもできなかったわけか。状況はわかったが、史生だってそんなデリケートな問題にやすやすと踏み込むことはできない。

「直隆さんの方から言ってくれるのを待った方がいいんじゃないかなぁ」

「待ってたところで、言いにくいことを自分から口にすると思うか？」

「そっか。時間が経つほどますます言いにくくなったりするのかな」

史生はミックスナッツから二つ目のアーモンドを選んで口に放り込む。向かいから海里も手を伸ばしてきてカシューナッツを摘まみ上げた。

「昔みたいに交換日記でもやってたらよかったのにねぇ」

史生と哲治が同時に顔を上げる。懐かしい言葉を耳にして、史生の目元がふわっと緩んだ。

「交換日記、やってたね。いつ頃だっけ？」

「俺が小学生の頃だよ。三年生ぐらい？」

「フミが中学に上がるときだろ。この家で寝泊まりしなくなったから」

哲治も思い出したのか会話に参加してきて、たちまち昔話に花が咲いた。

初子が真夜中まで店に出ていたため生島家に寝泊まりしていた史生だが、中学に進学する頃にはさすがに夜もひとりで過ごせるようになり、生島家で夕食を食べた後は自宅に帰ることになったのだ。

「それを海里が泣いて嫌がったんだよな。『フミちゃんと一緒じゃなきゃ寝ない！』って」

「だって、それまでずっと一緒だったのに急にいなくなるなんて淋しいじゃん？」

「それで僕が、帰る前にカイ君に手紙を置いていくことにしたんだよね。『手紙は僕が帰ったら読んでね、明日の朝にお返事ちょうだい』って約束して」

「そうそう。毎朝学校に行く前にフミちゃんに手紙渡してたっけ」

そんなことをしばらく続けるうち、お互い毎日手紙を書くのも大変だからと交換日記という体に落ち着いたのだ。

当時を思い出したのか、赤ら顔の哲治がにやにやと笑う。

「海里はあれだけ大泣きしてたのに、一ヶ月も経つとけろっとして日記も書いたり書かなかったりになったよな」

「う、いや、だって、フミちゃんの書いてくれた日記を読むのは楽しかったけど、自分で文章書くのは苦手だったんだもん」

「フミの方がまめに日記書いてたよな。もしかして、お前の方が淋しかったんじゃないか？」

哲治にからかうような視線を向けられ、そうだねぇ、と史生は笑う。

「淋しかったよ。物心ついた頃からずっとこの家で皆とご飯食べて、お風呂に入って、布団を並べて寝てたんだもん。急にひとりになって淋しかった」

当時だって口にしなかった本音をこぼすと、目の前の二人が驚いたように目を見開いた。

史生は天板に肘をつき、ビールを口に含んで柔らかく笑う。

「だから、カイ君の代わりに哲治が日記を書いてくれたの、嬉しかったな」

哲治はぎょっとしたような顔をして、慌てて史生から目を逸らした。

「いや、別に、あれは単純に、ちょっとお前らをからかってやろうと思って」

「えっ、待って、兄ちゃんそんなつもりで俺たちの交換日記に乱入してきたの？」

哲治は低い声で「違う」と言うが耳の端が赤い。史生はにこにこと笑いながら、違わないくせに、と胸の中で呟いた。

交換日記は、最初は海里と史生だけの秘密の行為だった。兄ちゃんたちには内緒ね、と言い出したのは海里だ。史生を独占したかったのだろう。海里が日記を書いた日はノートを史生の家のポストに入れ、史生がそれを返すときは、ポストではなく生島家の庭にある鳥の巣箱に入れるよう海里から命じられていた。巣箱は直隆が中学の授業で作ったものらしいが、なぜか鳥が寄ってくることはなく、常に中は空っぽだった。

当然、上の兄二人は海里と史生のそんなやり取りを知っていたわけだが、海里の前では知らぬふりをしてくれていた。

最初の一ヶ月は毎日のように日記のやり取りをしていたが、しばらくすると海里から日記が返ってくる間隔が開くようになった。これはこのまま自然消滅になってしまうかなと思っていた矢先、再び一日おきに日記がポストに投函（とうかん）されるようになった。

最初、史生はそれを海里が書いたものだと信じ込んでいた。哲治が海里の筆跡を真似てきたからだ。

「あんまりカイ君の字に似てたから、しばらく本気で気づかなかったな」

「だから、ちょっとからかってやるつもりだったんだよ。すぐ気づかれると思ったのにフミが全然気づかないから、本当のことを言うタイミングを見失っただけだ」

「俺も後から見直したとき、兄ちゃんが書いたのか自分が書いたのかわかんないページあったよ。兄ちゃん、俺といい勝負で字が下手だったもんね」

うるさい、と哲治が海里にデコピンをする。

それからしばらく、史生は哲治と交換日記を続けた。何回かやり取りをするうちに、海里にしては難しい漢字を使うことがあるので相手は哲治だと察したが、それはそれで楽しかったのでやめなかった。しかし哲治からの日記も一ヶ月後には間遠になって、兄弟揃って飽きっぽいなと苦笑していたら程なくまた頻々とポストにノートが返ってくるようになった。

海里の交換日記熱が再燃したのか。あるいは哲治がまたやる気を出したのか。首を傾げていた当時の自分を思い出し、史生は耐え切れずに声を立てて笑う。

「でもあの交換日記に、直隆さんまで参戦してくるとは思わなかった！」

急に笑い出した史生を見て目を丸くした二人だが、すぐその口元に笑みが浮いた。

「そうだな、まさか兄貴まで海里の筆跡真似てくるとは思わなかったな」

「完璧な模写だったよね。漢字もカイ君が習ってないのは絶対使わなかった」

「じゃあ、さすがのフミちゃんも相手が直隆兄ちゃんだとは気づかなかった？」

「ううん、一週間ぐらいで気づいた」

どうして、と二人が声を揃えてきて、史生は笑いを噛み殺す。

「文面から滲み出る賢さを隠しきれなかったから」

ああー、と、海里と哲治の間延びした声が綺麗に重なった。納得したらしい。

あのときはさすがに史生も直隆を問い質した。海里や哲治が書きそうもない内容だが、筆跡はどう見ても海里なので確信が持てなかったのだ。

日記を突きつけられた直隆は、「ばれたか」と悪戯めいた顔で笑った。当時の直隆はもう高校生だったのに案外子供っぽい行動に驚いて、胸がときめいたのを覚えている。

その後、兄弟全員が史生と交換日記をしていることは暗黙の了解になったが、哲治も直隆も海里の筆跡を真似ることはやめなかった。

「そのうちカイ君も字が上手くなってきたし、本気で誰が書いてるのかわからない日も結構あったよ」

「それを承知で、俺たちフミちゃんに日記で相談みたいなことばっかりしてたよね」

「愚痴とかな。フミが真面目に返事してくれるもんだから、つい」

日記の内容を思い出し、史生は懐かしく目を細める。

三兄弟との交換日記は、その後も緩やかに続いた。数ヶ月に一度、思い出したようにポストに投函される日記には、日々の不安や悩みが拙い文字で訥々と書かれていたものだ。

友達のこと、部活のこと、彼女のこと、家族のこと。誰が書いたのかすぐわかるときもあれば、まるで見当もつかないこともあった。三兄弟の誰に当てはめてみても微妙に印象のずれる文面を目で追って、近いようで遠い隣人との距離を知ったものだ。

いつだったか哲治が交換日記についてぼそりと語ったことがある。「俺たち、自分が書いたページ以外は見ないようにしてるんだ」と。

交換日記はよくある大学ノートを使っていて、見開いたページの左側に三兄弟が相談めいた内容を書き、右側に史生が返事を書いていた。同じノートを使いながらも、その内容は兄弟それぞれがそっと胸にとどめているらしい。

そのことを知ってから、史生も日記の内容について兄弟に語ることはしなくなった。日記で語り掛けられた内容は、日記の中でだけ返事をして実生活では口にしない。筆跡や内容から誰が書いているのか判断が難しくなってからは特に口を滑らせないよう気をつけた。

「あの日記があれば、兄貴もこっちに戻ってきた理由を言いやすくなったかもしれねぇな」

空の缶ビールを天板に置き、哲治が低い声で呟く。苦々しい表情を浮かべる哲治に、史生は何気なく言った。

「哲治は随分直隆さんのこと心配してるんだね？」

「ホントだよねー。兄ちゃん案外、直隆兄ちゃんのこと好きだから……」

「違う」

思いがけず鋭い声で否定され、史生と海里は言葉を切った。

茶の間に沈黙が落ちて、哲治がはっとしたようにこちらを見た。気まずそうな顔をしたのは一瞬で、ふてぶてしく笑うと新しいビールを開ける。

「腫(は)れ物に触るような空気が耐えられねぇだけだよ。それよりフミ、兄貴と海里はあの日記にどんなこと書いてたんだ？」

「えっ！　兄ちゃん今更それ訊く⁉」

海里がひっくり返った声を上げ、茶の間に漂っていた重苦しい空気が霧散した。史生も流れに乗ってことさら明るい声で応じる。

「駄目だよ、秘密。誰が書いてたのかもわからないし」

「さすがに兄貴が書いた文章はわかったんじゃねぇか？」

「一度僕に指摘されてからは、上手に賢さを隠すようになったからね。ちょっと確信が持てないな」

「じゃあさ、一番印象に残ってることとかは？」

「そんなこと訊いていいの？　もしかしたらカイ君が書いた内容かもしれないのに」

「え、ええ？　それは……」

自分でも何を書いたのか覚えていないのか、忙しなく視線を泳がせる海里を見て哲治が噴き出す。史生も一緒になって笑っていたら、茶の間の襖がすらりと開いた。

コタツに入っていた三人の視線が一斉に襖へ向く。祖母の妙でもやって来たのかと思いきや、そこに立っていたのは直隆だ。仕事帰りなのかスーツ姿で、片手に鞄を持っている。

「あ、お、お邪魔してます」

姿勢を正して史生が挨拶をすると、直隆は軽く目を細めて「いらっしゃい」と言った。しかし哲治と海里は何も言わない。お帰りも、お疲れ様の一言もなく、よそよそしい表情で直隆から目を逸らしてしまう。直隆の方もそんな二人をちらりと見ただけで茶の間に入ってくることはせず、史生にだけ軽く会釈をして襖を閉めてしまった。

直隆の足音が廊下の向こうに遠ざかっても哲治と海里は口を開こうとしない。そんな二人を見て、史生はきつく眉根を寄せた。

「何、二人とも。直隆さんと喧嘩でもしてるの？」

「別に。話すこともねぇだけだ」

「だって、さっきまであんなに直隆さんのこと心配してたのに」

「別に心配はしてねぇよ」

哲治は天板に置かれた空の缶を手元に引き寄せると、次々とそれを潰して立ち上がった。

「心配してるとしたら、この先兄貴がずっとこの家にいるかどうかってことだけだ。また本社に戻るならこの生活も数年我慢するだけでいいだろうけど、ずっとこっちにいるなら俺も家を出なくちゃならねぇし」

「な、なんで？　部屋は十分余ってるのに」

哲治は空の缶を抱えると、茶の間を横切りぼそりと言った。

「一緒にいると、息苦しい」

思いがけない言葉に驚いて、それ以上深く尋ねることができなかった。哲治が部屋を出て行ってからもしばらく動けずにいると、海里がおずおずと「フミちゃん、外まで送ろっか？」と声をかけてくれる。

「……そんな、送ってもらうほどの距離でもないし」

「いいじゃん。俺もちょっとコンビニに買い物あるし」

海里は身軽に立ち上がると、ジーンズのポケットに携帯電話だけ突っ込んで史生とともに家を出た。

玄関脇のガレージには、見慣れぬ大きな車が止まっていた。直隆が東京から持ってきた車らしい。この辺りでは滅多に見かけない大型の外国車だ。青みを帯びたシルバーの車体を見て、海里は羨望の混じる溜息を漏らす。

「直隆兄ちゃん、東京でめちゃくちゃ稼いでたんだろうなぁ。なのになんでこんな田舎に戻ってきたんだろ?」

史生も横目で車を見ながら「自分で志願したのかもよ」と言ってみた。

「こっちの空気が恋しくなったとか」

「あの人に限ってそれはないでしょ。さらっと東京に馴染んじゃいそう。むしろこっちにいる方が浮いて見えるもん」

「浮くというか……まあ、目立つよね」

駅前で直隆を見かけたときのことを思い出す。仕立てのいい服装に洗練された仕草が周囲の人目を惹いていた。

門を出て、海里は頭の後ろで手を組んだ。

「本当にどうしてこっちに戻ってきたんだろ。やっぱり本社で何かやらかしたのかな？」

「何かって？」

「汚職とか。あと……、上司の奥さんと不倫とか！」

まさか、と史生は笑い飛ばす。生真面目な直隆に限ってそれはない。海里も本気で言っているわけではないようでけたけたと笑い、史生の家の前まで来ると軽やかに手を振った。そのままコンビニに向かおうとしたようだが、途中で足を止めて史生を振り返る。

「フミちゃん。子供の頃、交換日記放り出しちゃってごめんね。俺から言い出したのに」

すでに玄関に向かいかけていた史生は、予想外に真摯な謝罪に驚いて足を止める。

もう十年以上も昔の話だ。子供が飽きっぽいのは仕方のないことで、史生だってずっと交換日記が続くとは思っていなかった。いいよ、となるべく軽い口調で返事をする。

海里は小さく頷くと、今度こそ史生に背を向けてコンビニへ向かって歩いていった。

外灯がまばらに灯る田舎道を行く海里の後ろ姿を、史生はしばらく目で追った。

急に何事かと思ったが、交換日記を始めた頃の史生が案外淋しい想いをしていたことを知り、今更ながら日記を放り出したことに罪悪感を覚えたのかもしれない。こういうとき、素直に謝罪できるのが海里の美点だなと感心して家に入る。

初子は今日も店に立っていて、誰もいない家の中はしんと冷えていた。

風呂の準備をしながら、あの交換日記はいつまで続いたのだったか、と思い返す。

史生が高校に入学するまでは続いていたと思う。けれど直隆が上京して日記のメンバーから外れ、哲治も美容師専門学校の受験に忙しく日記どころではなくなった。

二人の兄があまり構ってくれなくなったせいか、海里はたびたび史生のもとを訪ねるようになった。わざわざ日記に書かなくとも、誰にも邪魔されず史生に相談したり愚痴をこぼしたりできるようになって、いつのまにか日記のやり取りもなくなった。

あの日記は今どこにあるのだろう。少なくとも史生の自宅にはない。海里辺りが部屋のどこかにしまい込んでいるのかもしれない。

兄二人が海里の筆跡を真似した交換日記。相手が誰かもわからぬまま返事を書いていたあの奇妙なやり取りが懐かしい。

（機会があったら、また見てみたいな）

懐かしさに駆られて思ったが、後に史生はそんな己の考えを激しく後悔する羽目になる。

史生の自宅ポストに懐かしい交換日記が投函されたのは、それから三日後のことだった。

史生(ふみお)の勤める携帯ショップは毎月第二火曜日が定休日だ。それ以外はスタッフが各自シフトを組んで出勤することになる。

史生は比較的月曜日に休みを取ることが多い。その日も月曜に休んでいた史生は、いつもより少し遅く起きて居間へ向かう。未明に帰ってくる初子はまだ眠っているので、静かに朝食を済ませて新聞を取るため外へ出た。

欠伸交じりにポストを開けた史生は、朝刊の下に何か入っていることに気づいて手を止めた。回覧板、ではなさそうだ。ノートだろうか。

取り出してみて、どきりとした。入っていたのは真新しい大学ノートだ。子供の頃、交換日記に使っていたのと同じ種類の。

とっさに周囲へ視線を向けたが、家の前の道には人影ひとつない。

新聞と一緒にノートを持って家の中に引き返した史生は、後ろ手で玄関ドアを閉めるや新聞を放り出してノートを眼前に近づけた。

ノートの表紙には何も書かれていない。裏には値札シールが張られていた。近くのコンビニで買われたノートのようだ。恐る恐るページを開いて、史生は束の間呼吸を忘れる。

ノートには、懐かしさすら覚える文字が並んでいた。歪な線で構成されたそれは、小学生の頃の海里のものだ。

史生は唖然として日記を見詰める。止めや撥ねはおざなりで、でも払いだけはやたらと勢いのある乱暴な文字。筆圧が高いのもあの頃のままだ。文字に沿って紙が波打っている。

史生は紙のへこみをなぞるように子供っぽい癖字を撫でる。鉛筆ではなくボールペンで書かれた字は、黒と見分けがつかない濃紺だ。インクの出が悪いのか、ところどころインク溜まりができたり掠れたり、独特のグラデーションがついている。

一瞬海里が書いたのかと思ったが、現在の海里はさすがにもっと大人びた字を書いている。ということは、誰かが幼い頃の海里の文字を真似たのか。

とっさに哲治と直隆の顔が浮かんだ。つい先日、皆で海里の筆跡を真似て交換日記をしていた話で盛り上がったばかりだ。

混乱したまま、見開きページの左側に書かれた文字に目を滑らせる。

内容を読んでみれば誰が書いたのか見当がつくかもしれない。そう思ったのに上手く読めない。文字そのものが認識できないというより、内容が頭に入ってこないのだ。

史生は一度ノートを閉じると、大きく深呼吸をしてからもう一度開く。日記は、『フミちゃんに相談があります』という言葉で始まっていた。遠い昔、四人で交換日記をしていたときも、哲治や直隆はノートの中で史生を『フミちゃん』と呼んだ。続く文字を、史生はゆっくりと視線で辿る。

『ずっと隠してたけど、オレは女の人の服を着るのが好きで、もう結婚している人とヒミツでつき合っていて、あと、男の人が好きです』

文章は短い。罫線の引かれたノート三行程度で収まる文を、史生は何度も読み返す。

最後に『フミちゃん、どうしよう』と書かれているのを見て、史生は再びノートを閉じた。

（——ど……っ、どうしよう⁉）

何度も読んでようやく内容が頭に入ってきたが、理解したらしたでどうしたらいいのかわからない。恐ろしく赤裸々な暴露ではあるが、問題は誰がこれを書いたかだ。

昔、生島家の三兄弟と史生で回していた交換日記の体を装っているということは、相手は直隆か哲治か海里のうちの誰かだろうが、まずそこから信じることが難しい。

（だってつまりどういうことだ⁉　この文章を書いた相手は、女装癖があって、既婚者と不倫していて、ついでに同性愛者ってことか⁉）

それを告白してきた相手が、隣の家の三兄弟の誰かなのだ。信じられるわけがない。

エリート街道を地で行く直隆にしろ、美容師として手堅く働く哲治にしろ、明るく屈託のない海里にしろ、誰が書いたと言われても驚きは禁じ得ない。

史生はノートを手にしたまま狭い靴脱ぎ場をぐるぐると歩き回る。

（哲治とカイ君が仕組んだ悪ふざけ……？　にしては、手がかかり過ぎてるような？）

子供の頃の海里の筆跡をここまで正確に真似るには時間もかかったことだろう。哲治は美容師として毎日忙しく働いているし、海里だって学業の傍らアルバイトをしておりそこまで暇とは思えない。直隆がふざけてやったなどとは輪をかけて考えにくかった。早朝に出勤し、遅くに戻り、真夜中に招集がかかることすらあるのだ。おふざけに費やす時間はないだろう。

ぐるぐるとその場を回り続けていよいよ目が回ってきた史生は、玄関のドアに寄りかかってもう一度ノートを開く。呼吸を落ち着け、改めて状況を整理した。

三兄弟は皆忙しい。ただの悪ふざけに貴重な時間を割くとも思えない。

ということはつまり、これは誰かが本気で史生に救いを求めてきたということだ。このノートに書かれた内容は全て真実で、三兄弟のうちの誰かが女装癖を持つ同性愛者で、なおかつ不倫をしている。だからこそ名前を明かすことなく、筆跡まで変えているに違いない。

史生はもう一度頭から文章を読み返すと、覚悟を決めてノートを閉じた。小脇にノートを抱え、初子を起こさないよう足音を忍ばせて二階の自室へ向かう。

ベッドと机しかない自室に入ると、史生は机にノートを広げてその前に座り込んだ。

見開いたページの右側を見詰め、なんと返事をしようかしばし考え込む。ノートの内容が真実ならば、間違っても茶化すようなことは書けない。きっと散々悩んで、ためらって、ようやくこうして秘密を打ち明けてくれたのだから。

かなり長いこと考えた末、史生はようやくペンを手にした。十数年前、三兄弟と交換日記をしていたときのように相手を詮索（せんさく）することはひとまずやめ、『久しぶり』と書いてみた。相手は誰だか知らないが、日記を介して言葉を交わすのは久しぶりだから間違っていないだろう。

『一度にたくさん秘密を打ち明けられて、正直びっくりしています。でも、書かれていた内容は信じました。冗談でこんなことを書くとは思えないし。打ち明けるの、勇気がいったと思う。誰にも言わないから、まずは安心してほしい』

そこまで書いて史生はペンを止める。続く言葉が出てこない。

相手からの文章は、最後に『どうしたらいい?』と書かれていたが、史生だって一体どんなアドバイスをすればいいのかわからない。

考えたところで名文が浮かぶわけでもなく、史生は自身の戸惑いを素直に言葉にした。

『今はまだ、そちらがどんな状況にあるのかわからないし、具体的にどうすればいいかアドバイスしてあげることはできないけど、何か苦しく思っていることがあったらこのノートに全部書いてくれたらいいと思う。こうして文字にすれば、自分の中でごちゃごちゃしている考えがまとまりやすくなるかもしれないし、僕も何か相談に乗れるかもしれない』

史生は最後に、『秘密は守るよ』と書き添えた。きっと相手は、史生が事を荒立てないと信じてこのノートを置いていったのだろうから、その信頼に応えたい。

史生はノートを閉じると、薄手の上着を羽織って外に出た。

生島家の門の前に立って中の様子を覗(のぞ)いてみるが庭先に人影はない。外門を開けて中に忍び込み、庭の隅に植えられた金木犀(きんもくせい)に歩み寄る。細い幹には、長年風雨にさらされ忘れ去られていた鳥の巣箱が、錆(さ)びたワイヤーで固定されたままになっていた。

長方形の巣箱には、小鳥が出入りできるよう丸穴が開いている。蝶番(ちょうつがい)で固定された屋根は開閉できるようになっていて、そっと中を覗き込んでみたが鳥たちがここで生活している形跡はない。汚れもないことを確認して、遠い昔そうしていたように巣箱にノートを押し込んだ。

史生はもう一度庭を見回し、誰にも見られていないことを確認して足早にその場を離れる。

家に戻って玄関のドアを閉めると、唇から長々とした溜息が漏れた。幼い頃から通い慣れた生島家の門扉を潜るのに、こんなに緊張したのは初めてだ。

（日記を書いている本人以外に、あの日記の存在がばれたらいけないんだよな……）

今更そんなことに思い至り、次に日記を返すときはもっと人目につかない時間帯を選ばなければとひとり反省する史生なのだった。

日記を返した史生は、遅く起きてくる初子のために簡単な昼食の準備だけして家を出た。取り立てて用事があったわけではないのだが、家にいると何をしていても日記のことを考えてしまう。外に出れば意識も逸れるのではないかと期待したが、バスに乗って大型ショッピングモールまでやって来ても日記のことが頭から離れなかった。

平日の午前中だからか、モール内にはあまり人がいない。目的もなく一階を歩き回り、あの日記を書いたのは誰だろうと考えていたときだった。

視界の端に見知った顔を見た気がして目を上げる。きょろきょろと辺りを見回し、右前方にあるエスカレーターで上階に向かう哲治を見つけて目を見開いた。

哲治の勤める美容院は毎週月曜が定休日だ。だからここで買い物をしていても驚くことではないのだが、あんな日記を読んだ後なので不必要にうろたえてしまった。

少しだけ迷ったものの、史生も哲治の後を追いかけてエスカレーターに向かった。何気ない調子で日記のことをほのめかし、その反応を見てみるつもりで。

二階に到着した史生は早速哲治を探す。通路に沿ってこまごまとした店舗が並ぶショッピングモール内で、哲治の姿はすぐ見つかった。黒いジャケットに黒いパンツと全身真っ黒なのでよく目立つ。

哲治はこちらに背を向けて、通路から店を眺めているようだ。その背中に声をかけようとして、直前で史生は言葉を呑んだ。

哲治が微動だにせず見詰めている店は、通路に面して二体のマネキンをディスプレイしている。どちらも女性のマネキンで、一方は花柄のワンピースを、もう一方はフリルのついたブラウスに真っ赤なロングスカートを穿いていた。

どう見ても女性服売り場だ。男性向けの商品を扱っているようには見えないが、哲治はその場から動こうとしない。その上、意を決したように小さく頷き店の奥へと入っていく。

史生は愕然とした表情で哲治の後ろ姿を見て、もう一度店頭に並ぶ服を見た。店先の目立つ場所にはポップが立っていて、『大き目サイズのお店』と書かれている。ＸＬからスリーＬまでサイズが揃っているらしい。それなら男性だって着られるのでは、と思った瞬間、今朝見た日記の内容が怒濤のごとく脳内に蘇った。日記には女の人の服を着るのが好きだと書かれていたが、まさかあれを書いたのは哲治なのか。

となると、哲治は女装癖があり同性愛者ということで、それは本人の趣味嗜好なのでいいとしても、問題は不倫をしているということだ。

史生はふらふらと店に入ると、店内で真剣にスカートを見ている哲治に近づいた。

「……哲治」

「え、うわっ!? ふ、ふ……っ、フミ！」

哲治がぎょっとした顔で振り返る。手にしたスカートをとっさに隠そうとした哲治を見て、やはり、と史生は表情を硬くした。

しかし哲治はすぐにいつもの仏頂面に戻ると、「驚かせんなよ」と呟いてごく自然な仕草でスカートをラックに戻した。

「哲治、そのスカート……買うの？」

「ん？　ああ、どうすっかな、と思って」

否定されなかったことに驚いて目を見開けば、哲治に怪訝そうな顔を向けられた。

「彼女の誕生日プレゼントに買おうかと思ったんだけど、やっぱ服とか贈るのは微妙か？」

「彼女……？」

「ああ、一緒に買い物に来てんだ。今トイレに行ってるけど……」

「哲治、彼女いたの？」

相手の言葉を遮って尋ねれば、哲治に面倒くさそうな顔で頷かれた。

「まだつき合って間もないけど。何、そんなに意外か？」

「いや、だって、全然そんな話聞いてなかったから……」

「そりゃ話す機会もなかったし。あ、でも彼女がいることは兄貴には黙っててくれ」

どうして、と首を傾げると、哲治はギリ、と音がしそうなくらい強く奥歯を嚙みしめた。

「兄貴が地元にいた頃、元カノが兄貴に目移りして別れたことがあるからだよ」

「……それは哲治の彼女のせいであって、直隆さんに非があるわけじゃないんじゃ？」

「半分兄貴のせいだぞ。俺の彼女だからって妙に優しくするから」

直隆としては弟の彼女を手厚く歓迎しただけだったろうが、平均より抜きん出て整った容姿で県内トップの大学に通う直隆に歓待されれば、彼女がよろめいてしまうのも無理はない。

「あ、戻ってきた」

哲治が店の外に顔を向けたので、つられて史生も振り返る。

通路の向こうから背の高い女性が歩いてくる。ピンクブラウンに染めた髪を肩先で切り揃え、細身のジーンズに白いシャツを合わせている。あれが哲治の彼女だろうか。女性もこちらに気づいて店に入って来た。

「美優、こいつ俺の幼馴染の史生」

哲治が女性に声をかける。美優と呼ばれた女性は史生に目を向けると、屈託のない笑顔で会釈をしてくれた。それから店内を見回し、もの言いたげに哲治を見遣る。男性二人がいるにしてはちぐはぐな店だと思ったのだろう。哲治もそれを察したらしく口早に言い添えた。

「フミがさ、彼女にプレゼント探してるらしくて、ここで一緒に服見てたんだ」

「あ、そうなんだ？　いいなぁ、彼女さんにお洋服プレゼントするんですか？」

そう言って史生の顔を覗き込んだ美優は心底羨ましそうな顔をしている。それを見て哲治も思うところがあったのか、先程見ていたスカートを手に取った。

「でも財布忘れてきたんだと。だから俺が金貸してやることになった」

えっ、と史生は小さな声を上げるが、こちらを見た哲治に目顔で「合わせてくれ」と訴えられ、疑問の言葉を呑み込んだ。

「てことで俺、会計してくるから。二人はその辺で待っててくれ」

そう言い置いて、スカートを手にレジへ向かってしまう。史生は黙ってその背を見送り、もしかして、と想像した。

（後でサプライズプレゼントとして彼女に渡すつもりかな……？）

そういうことならと納得して、余計なことは言わず美優と一緒に店を出た。

店を出ると、史生はちらりと美優の左手を確認した。美優の薬指に指輪は、ない。不倫ということもなさそうだ。ほっとして美優を見上げた史生は、そこでようやく彼女の方が自分より背が高いことに気づいた。史生も百七十センチは超えているので、女性としては高身長の部類だろう。哲治が大きめの服を扱う店でプレゼントを探しているはずだ。

史生の視線に気づいたのか美優がこちらを見た。改めて見ると目元のぱっちりした華やかな美人だ。その顔に、ぱっと明るい笑みが咲いた。

「史生さんてもしかして、哲治のお隣さんですか？」

初対面にもかかわらず美優の表情は随分と気安い。史生が頷くと、一層笑みを深くした。

「やっぱり！　哲治の話によく出てくるフミさんって、どんな人かと思ってたんです」

「え、僕の話なんてしてるんですか？」

「たまに一緒に飲んでるって聞きました。史生さん、お酒強いんですよね。哲治はあれで案外お酒弱いんで、いつか史生さんに飲み比べで勝ってみたいって言ってましたよ」

「えっ！　そんなことを？」

哲治がなかなか会計から戻ってこないので、しばし美優と他愛のない話で盛り上がる。美優は人見知りをしないタイプなのか、砕けた様子で哲治との出会いまで教えてくれた。

美優はもともと、哲治の勧める美容院のカットモデルだったそうだ。声をかけてきたのは哲治とは別の美容師だったが、カットの結果は惨憺たるものだったらしい。

「背中の途中まである髪を三センチくらい切ってほしいって言ったんです。それなのに肩までバッサリ切られちゃって、しかもおかっぱみたいで全然可愛くないし、泣きそうになってたら途中で哲治がカットを代わってくれたんですよ」

哲治は後輩の失敗に誠心誠意謝罪をして、美優の髪をカットし直し、丁寧にカラーリングもしてくれたそうだ。それがきっかけで連絡先を交換することになったのだと美優は笑い、肩先で揺れる髪を耳にかける。

「今はこの髪型も気に入ってるんですけど」

「よく似合ってますよ」

史生が微笑むと、美優ははにかんだ表情で肩を竦めた。感情が素直に顔に出るタイプらしい。可愛らしい人だな、と史生も目を細めたときだった。

「史生君」

低い声に名を呼ばれ、史生は弾かれたように顔を上げる。視線を巡らせると、通路の向こうからスーツ姿の背の高い男性が歩いてくるのが見えた。史生と目が合うなり切れ長の目元をほどくようにして微笑んだのは、直隆だ。

左右に小さな店舗が並ぶショッピングモールの通路を颯爽と歩く直隆を見て、史生はかの聖人モーセを思い描いた。海が割れるように、直隆の前から通行人がさぁっと消える。全員示し合わせたかのごとく近くの店に飛び込んで、通り過ぎていく直隆を目で追っているようだ。気持ちはわかる。長身に黒のチェスターコートを着こなし、大股で歩く直隆はモデルのようだった。その上顔面偏差値が恐ろしく高い。

地元にいた頃から直隆は容姿端麗だったが、東京に行ってさらに服装や振る舞いが洗練されたようで目が眩みそうになる。何度か目を瞬かせてから、史生もやっと直隆に手を振った。

「直隆さん、こんにちは。こんな時間にお買い物ですか？」

「ああ、この近くの病院に用があってね。次の予定まで少し時間があったから本屋に寄ってたんだ」

病院？　と尋ねようとしたら、会計を済ませた哲治が店から出てきた。哲治は直隆を見るとぎょっとしたような顔をして、すぐさま警戒を露わにした表情になる。

「哲治もいたのか。三人で買い物でも？」

直隆に尋ねられ、哲治は低い声で「そんなとこ」と返した。直後、史生にさっと視線を飛ばす。長いつき合いなので哲治が何を訴えているのかはすぐにわかった。彼女の存在を直隆には伏せていてほしいのだろう。そんなに警戒しなくてもいいのにと内心苦笑しつつ、了解、と目配せした。

「じゃあ、僕は他にも寄るところがあるから。またね」

この場を切り上げるべく史生が声をかけると、おう、と短く返事をして哲治は史生に背中を向ける。直隆が何者かわからないのだろう美優は不思議そうな顔をしていたが、ぺこりと会釈をして哲治についていった。

つかず離れず歩く哲治と美優の後ろ姿を眺めていたら、直隆に軽い口調で尋ねられた。

「今の彼女は？　二人の友達？」

「まあ、そうですね」

曖昧に頷くと、直隆がゆっくりとこちらを見た。

直隆は唇に薄く笑みを含ませている。相変わらず左右狂いのない美しい笑顔に目を奪われたが、目だけが笑っていないことに気づいてどきりとした。

「随分と楽しそうにお喋りしてたから、史生君の彼女かと思った」

「え、あ……っ、いや」

自分ではなく哲治の彼女です、とは言えずに言葉がもつれる。直隆の探るような眼差しにもへどもどしてしまって、余計なことは言わず早々にこの場を立ち去ることにした。

「いやいや、あの、それじゃ、僕はこれで……」

「帰るのか？　外は雨が降ってきたところだぞ」

「え、今降ってるんですか？」

「ああ。だから俺も雨宿りをかねてここに寄ったんだ。傘を忘れてしまったから」

「でも直隆さん、前は鞄に折り畳み傘を……」

言いかけて、さっと史生の顔が強張った。

そういえば、以前直隆から借りた折り畳み傘をまだ本人に返していない。

「す、すみません、僕、傘を借りっぱなしで……か、買います、今！」

「いいよ、次に会ったときにでも返してもらえれば」

でも、と食い下がろうとした言葉は、直隆の柔らかな笑みで遮られる。

「傘を買うくらいだったら、少しつき合ってもらえないか。ちょうど休憩しようと思ってたところだったんだ」

そう言って直隆はフロアの隅にある喫茶店を指さす。この流れで誘いを突っぱねることなどできるわけもなく、史生は弱々しく頷くことしかできなかった。

席数の多い喫茶店は客がまばらで、史生たちは窓際にある四人掛けのテーブルに腰を下ろした。すぐに店員がメニューを手にやって来て、直隆はアメリカンコーヒーを、史生はカフェオレを注文する。

店員が下がってしまうともう逃げ場もなく、史生は向かいに座る直隆をそっと窺い見た。ショッピングモール内にある書店の名前が印刷された袋を隣の席に置いた直隆は、史生の視線に気づくと、どうした、というように目を細めた。

史生はとっさに目を逸らす。駅前から直隆と一緒に帰ってきたときは数年ぶりの再会に驚き過ぎて他の感情が湧いてこなかったが、今は居た堪れなさのようなものを感じてならない。七年前、直隆に告白してしまった事実が重くのしかかる。

(き……、気まずい)

あの告白を直隆がどう思っているのか想像すると逃げ出したくなった。何度だってあれは思春期の気の迷いだったのだと弁解したくなる。

向かいに座る直隆を見ていられず窓の外に目を向けた史生は、でもな、と思う。先程直隆は、史生と一緒にいた美優を見て、「彼女？」と尋ねてきた。ということは、史生を異性愛者だと思っているということだ。史生に告白されたことなど、大して気にもとめていないのかもしれない。

窓を伝う雨垂れを目で追って、自分もあまり気にし過ぎないようにしよう、と気持ちを奮い立たせる。正面に顔を戻すと、史生はぎこちなく切り出した。

「あの、さっき近くの病院に用があったって言ってましたけど、具合でも悪いんですか？」

昔から無理をするとすぐに熱を出したり頭痛に襲われたりしていた直隆だ。こちらに戻ってきてまた体調を崩したのかと思ったが、「違うよ」と笑顔で首を振られた。

「仕事で顔を出してきたんだ。医局の人たちに声をかけておこうと思って」

「仕事で病院に行くんですか？」

ぴんときていない史生の表情を読んで、直隆はゆったりとテーブルに頬杖（ほおづえ）をつく。

「アルサトは繊維や樹脂を扱うマテリアル事業と、医薬や在宅医療を扱うヘルスケア事業に分かれてるんだ。俺がいるのはヘルスケア事業。本社にいた頃は機材購買部にいた」

「でも、今は営業部なんですよね……？」

「ああ、部署異動した」

どうしてそんな畑違いの部署に、と尋ねたかったが声が出なかった。久々に正面から見た直隆の顔に見惚れてしまったからだ。

唇に淡い笑みを含ませ、リラックスした様子でこちらを見る直隆は昔と変わらず秀麗な顔立ちをしていた。いや、東京に行く前より男振りに磨きがかかっただろうか。三十を目前にして、大人の落ち着きと色香をまとっている。

気の迷いとはいえ初恋の相手だ。子供の頃のように直隆に目を奪われていた史生は、やってきた店員にカフェオレを差し出されてようやく我に返った。

「あの、購買部と営業部だと仕事の内容が全然違うような気がするんですが、アルサトでは部署異動がよくあるんですか？」

「同じ事業部内だったらそう珍しいことでもないな。俺も本社にいた頃は在宅医療機器の機材調達をしていたから製品知識はある程度頭に入ってる。とはいえ、実際病院を回るとなるとさすがに勝手が違うけど」

「じゃあ、今は外回りとかしてるんですね」

慣れない仕事は大変だろうと案じたが、直隆は窓の向こうに視線を向けて、むしろ楽しそうに目を細めた。

「新参者だから約束ひとつ取りつけるのも一苦労だ。とりあえず今はエリア内の病院を全部ピックアップして、ローラー作戦で回ってる。大学病院も診療所も片っ端から」

史生はごくりと喉を鳴らす。直隆が「片っ端から」と言うからには、本当に片っ端から一件の漏れもなく足を運んでいるのだろう。勉強にしろスポーツにしろ、昔から直隆は徹底的にやり込むタイプだった。それは今も変わっていないらしい。

この様子なら、東京の本社でもさぞかし有能な社員だったに違いない。それがどうして支社に異動になったのか改めて疑問だ。

哲治や海里が言う通り、本社で何かやらかして嫌がらせ的に異動を命じられたのだろうか。無理をしてまた体調を崩しては大変だと、史生は思い切って尋ねた。

「あの、直隆さんの仕事、真夜中に招集がかかるって哲治たちが言ってたんですけど本当ですか？　営業なのに、そういうことってあるんでしょうか……？」

窓の外を眺めていた直隆がこちらを向いて、真正面から視線が飛んでくる。

今だけは直隆に振られた居た堪れなさなど忘れてその目を見詰め返した。何か困っていることがあるなら力になりたい。家族にすら見逃されがちだが、直隆は案外繊細な神経の持ち主だ。試験のたびに熱を出していたことを、唯一史生だけが知っている。

心配顔を隠せない史生をしばらく見詰めてから、直隆は蕩けるように目を細めた。

「俺が扱ってるのは在宅患者さんが使う医療機器だ。何か不具合が起きたら真夜中でも飛んでいかなくちゃいけない。人命に関わることだからね。でも毎日じゃないよ。ちゃんと当番制になってるから、心配しなくていい」

「あ、そうか、そういう……。医療機器を扱ってるんですもんね」

なるほど、と納得して肩の力を抜く。別に嫌がらせを受けているわけではなく、正規の業務内容らしい。

ほっとしたものの、本社から支社に異動になった経緯は依然謎のままだ。同じ営業職なら本社でも勤められただろうに。

これ以上突っ込んだ質問をしたらさすがに煙たがられるだろうか。でも気になる。カフェオレを飲み終えるまでたっぷり迷ってから、史生はためらいつつも口を開いた。

「直隆さん、どうしてこっちに異動になったんですか……?」

史生とペースを合わせるようにゆっくりコーヒーを飲んでいた直隆は、カップの縁から視線を上げて史生を見る。

髪と同じく淡い茶色の瞳が、猫のようにすぅっと細められる。艶(なま)めいた表情にどきりとしたら、カップの向こうから笑いを含ませた声がした。

「どうしてなのか、当ててごらん」

瞬間、傍らの窓から薄日が差した。雲に切れ間が入ったらしい。

雨上がりの柔らかな光が直隆を照らす。史生の目が切り取ったその光景は異国の宗教画にも似た神々しさで、あらゆる言葉が飛んでしまった。瞬き二回分の沈黙の後、はぐらかされたのだと気がついたが追撃もできない。美しい光景に心洗われ、いっそ拝んでしまいそうだ。

呆けたような顔をする史生を見て、直隆は楽しそうに目を細めて笑っている。

この様子を見るに、何か深刻な理由があってこちらに異動してきたわけではなさそうだ。いらぬお節介だったかと肩の力を抜き、史生は小さな溜息をつく。

（むしろ、相談だったら僕の方がしたいくらいなんだよな……）

今朝ポストに投函された大学ノートが脳裏にちらつく。特に買い物もないのにショッピングモールをうろついているのだって、そもそもそれが原因だ。

ちらりと直隆に視線を向ける。宗教画めいて美しい直隆は、頭脳も優秀でスポーツ万能、大学卒業後は大企業に就職している。人生で一度でも挫折を覚えたことがあるのだろうかと疑いたくなるくらい全てにおいて瑕疵がない。

ノートの差出人は生島家の三兄弟の誰かで間違いないだろうが、直隆は一番に除外してもいいかもしれない。ならばいっそ、この場であのノートについて相談してみようか。

迷いながらも口を開こうとしたそのとき、直隆がのっそりとテーブルに身を乗り出した。

「ところでさっき、哲治と一緒にいた女性だけど」

「……っ、み、美優さんですか？」

前触れもなく直隆の顔が近づいて、驚いた史生は声を上擦らせながら応じる。

直隆はわずかに目を眇めると、テーブルの上で手を組んで唇に仄かな笑みを乗せた。

「下の名前で呼んでるんだな」

それは、と言ったきり言葉が続かない。哲治が美優の苗字を教えてくれなかったからだと思ったが、一応友達ということになっているのに苗字を知らないのはさすがにおかしい。

口ごもる史生に直隆は重ねて尋ねた。

「やっぱりあの娘、史生君の彼女なんじゃ？」

「い、いやぁ、まさか……」

「ひどいな、彼女なら紹介してくれって言っておいたのに」

「いや本当に、彼女は違うんですけど」

しどろもどろになる史生を見詰め、直隆は口元に浮かべた笑みを消した。

「君、本当に彼女なんているのか？」

急に直隆の声が冷え込んで、ひゅっと喉が狭まった。質問をされただけであって、まだ嘘が露見したわけでもないのに、疑われていると思っただけでわかりやすく体が反応する。いっぺんに顔が赤くなり、背中に薄く汗が浮いた。

「い、い……っ、いますよ！　今度紹介します！」

咳き込みながら無理やり笑って、史生は勢いよく席を立った。伝票を引っ摑み、慌ただしくテーブルを離れる。

「あの、それじゃ、雨も止んだので、ここはご馳走します、傘も返しますから！」

言うだけ言ってレジに駆け寄り、焦った手つきで会計を済ませて店を飛び出した。

外に出るとすっかり雨はやんでいた。ちょうどロータリーに入って来たバスに乗り込んだ史生は、空いていた席に座るなり両手で顔を覆う。

（……疑われてるじゃん！）

直隆は史生に彼女がいるか疑っている。本人がいると言っているのだから疑う必要などないはずなのに敢えて疑ってくるとは何事か。直隆の真の懸念は彼女の有無より、史生の恋愛対象が女性かどうかなのではないか。

（黒歴史だって言ったのに！　僕本当に、もう直隆さんのことはそういう意味で好きじゃないのに！）

直隆が上京してから、史生だってきちんと気持ちの整理はつけた。直隆のことは家族のように慕っている。それ以上の感情などない。こんなことで、せっかく地元に戻ってきた直隆と距離を開けられるのは嫌だった。

窓ガラスに頭をつけ、史生は深々とした溜息をつく。

（どうしたら直隆さんの疑いは晴れるんだろう……）

ただでさえノートのことで頭が一杯なのに、ここにきて新たな悩みの種を抱え込んでしまった気分だった。

バスを降り、史生は俯き気味に帰路についた。

気がつけば昼食を取り損ねていたが空腹も感じない。ふらふら歩き、自宅近くにある公園の前を通り過ぎる。

子供の頃、哲治たちとかくれんぼをして史生だけ置いていかれてしまったあの公園だ。俯いたまま通り過ぎようとして、ふと足を止めた。

公園の隅に置かれたベンチの前に、オレンジ色の頭をした青年が座り込んでいる。背中に鳳凰の刺繍が入った派手な赤いスカジャンには見覚えがあり、史生は公園に足を向けた。

「カイ君」

名前を呼ぶと、ベンチの前にしゃがみ込んでいた海里が顔を上げた。熱心にベンチの下を覗き込んでいたようだが、何か探し物だろうか。

「小銭でも落としたの？」

「ううん、ちょっと冬虫夏草を探してた」

ああ、と史生は納得顔で頷く。

冬虫夏草は虫を苗床にするキノコの一種だ。見た目は割とグロテスクだが、海里は幼い頃からこれが好きだった。小学校の図書室で『原色冬虫夏草図鑑』を見て以来だという。

「そんなところにもあるの？」

「あるよ。そう珍しいものでもないしね。神社の境内とか、その辺の木の根元にも結構ある。でもさすがに雨上がりだから見つからないなぁ」

そう言いつつもベンチの下の暗がりを真剣に見詰めている。海里の冬虫夏草好きは筋金入りで、自室には何冊も図鑑があるし、夏には屋久島で冬虫夏草を探すツアーにも参加している。その旅費を得るため、海里はいつもバイトで忙しい。

「今日はバイトお休み？」

「ううん、これから行く。ちょっと時間があったから寄り道してるだけ。フミちゃんは？」

「僕は買い物に行ってたんだけど……。さっきまで、直隆さんと一緒だったんだ」

ベンチの下を覗き込んでいた海里が顔を上げる。なぜ、とばかり首を傾げられ、簡単に事の顛末を伝えた。喫茶店で聞いた話も伝えると、海里は少しほっとした顔になった。

「夜中に呼び出されるのは本当に仕事だったんだ。よかった。フミちゃんも聞いてくれてありがとね。俺たち一緒に住んでるけど、生活時間帯がばらばらだからゆっくり話をする機会もなくてさぁ」

「とりあえず、本人も納得してこっちに来てたように見えたよ。僕の主観だけど」

そっか、と返したものの、海里は難しい顔で首を傾げている。何か気になることでもあるのかと尋ねると、ますます渋い顔になった。

「なんかさ……結構頻繁に、直隆兄ちゃんの携帯に連絡が入ってるんだよね。職場からっぽいんだけど、どうも東京の本社からみたいで」

「東京から？　どんな理由で？」

「よくわかんないけど、兄ちゃんが責められてるような雰囲気で。たまに謝ったりしてるし。

あれ聞いて、やっぱり本社でトラブル起こしたのかなぁと思ってたんだけど……」

そこでいったん言葉を切って、海里は弱り顔で史生に視線を送る。史生より背丈は大きいくせに、フミちゃん、と呟く声はやけに子供じみていた。

「電話口でさ、『私のことは忘れてください』とか兄ちゃん言ってたんだけど、どう思う?」

「え」

「『貴方には私より大事な人がいるでしょう』とか……。なんか、相手が会社の人間だったとしたらさ、ちょっと変じゃない? もうちょっとこう、親密な雰囲気っていうか……」

「で、でも、会社からの電話で間違いないんだよね?」

「うん、最初は仕事の引継ぎみたいな話してたから、多分そうだと思うんだけど」

口ごもり、海里はぼそぼそと史生に尋ねる。

「……前もちょっと言ったけどさ、まさか、東京の上司と不倫とか……ないよね?」

瞬間、頭を過(よぎ)ったのはポストに投函されていたノートだ。不倫をしているようなことも書かれていたが、まさか。

「ま……まさか直隆さんに限って⁉」

「そ、そうだよね⁉」

二人して声が裏返ってしまった。あり得ないよね、と笑い合ってみたが、双方顔が引きつっている。直隆の美貌(びぼう)をもってすれば既婚者だって簡単になびくだろうと、言葉にせずとも互いに思っているのがわかった。整い過ぎた外見がトラブルの種になった可能性はある。

「と、ところでフミちゃん！　今度バイト先で合コンがあるんだけど、来ない？」

　不穏な想像を吹き飛ばすように、海里が敢えて明るい声を上げる。

「でも、周りは皆大学生でしょ？　僕だけ浮くんじゃ……」

「そんなことないよ。社員の人もいるし、結構年はばらばらだから」

　海里のバイト先はスポーツ用品店だ。社員だけでなくその友達なども集まって、かなり大人数が集まるらしい。

「社員つながりだとどうしても運動やってる人が多く集まっちゃうから、フミちゃんみたいな文系っぽい人もいてくれると女の人たちが喜ぶと思うんだよね。俺の知り合いも呼んでるんだけど、学校の友達は捕まらなかったから全員ボディービルダーで」

「ボ、ボディービルダー？」

「あれ、言わなかった？　俺今ジムに通ってるんだ。筋トレが楽しくてさぁ」

　初耳だ、と思っていたら、海里にこそっと耳打ちされた。

「わりと真面目に彼氏を探してる女の人も多いみたいだから、フミちゃんもどう？」

　んんん、と咳払いのような返事で応じる。急に誘われても即答できない。これまで合コンの類に参加したことはないし、それほど熱烈に出会いを求めたこともなかった。

（でも僕、直隆さんに彼女がいるって嘘ついたんだよな……）

嘘を本当にするために、人生初の合コンに参加してみるのもいいかもしれない。

「行ってみよう、かな……」

多分に迷いを滲ませる顔で頷いた史生を後押しするように、「待ってる！」と海里は満面の笑みで言った。

海里に教えられた合コンの場所は、史生の職場から二駅向こうにある居酒屋だった。

十九時からの開始と聞いていたが、こんな日に限って閉店時間を過ぎても客をさばききれず、閉店後も日中のクレームに対する緊急ミーティングが行われ、ようやく目的の店に到着したのは二十二時近い時間だ。

もう終わっているかもしれないな、と思いながら店の暖簾を潜れば、店内から威勢のいい店員の声と油っぽい料理の匂いが溢れてきた。

広々とした店の中にはカウンター席とテーブル席があり、奥には座敷もあるようだ。喧騒に包まれる店内は混雑していたが、すぐに「フミちゃん！」と耳慣れた声がした。

奥のテーブル席に海里の姿がある。四人掛けのテーブルをいくつか並べた席では十人前後の男女が飲んでいた。海里はその場にいる人間を掻きわけるようにして、史生のもとまで駆けてくる。

「ごめん、遅くなって。もうお開きの時間？」

「ううん、大丈夫！　特に時間制限とかないから。皆もフミちゃんのこと待ってたんだよ」

海里は既に酔いが回っているらしく顔が真っ赤だ。子供のように史生と手をつないでテーブルに戻ると皆の前で声を張り上げた。

「フミちゃん来たよ！　俺のお隣さん！」

思いがけず大きな海里の声に驚いたが、もっと驚いたのは皆の反応だ。

「お！　来たな、噂のフミちゃん！」

「ホントだー、生島君が言ってた通り綺麗な顔してる！」

「俺の隣に来なよ！」

「やだ、あたしの隣でしょ？」

予期せず盛大に迎えられてうろたえた。すでに全員出来上がっているようだ。その上海里が散々史生を話題に出したようで、初対面にもかかわらず皆が気さくに「フミちゃん」と呼んでくるから困ってしまう。

困惑しているうちに女性陣に手を引かれ、ソファー席に引っ張り込まれた。左右から史生の顔を覗き込んでくる女性たちは、史生と同年代か少し年上が多いだろうか。皆酔っ払っているので距離が近い。

「フミちゃん、何飲む？　ビール？」

「合コン来るの初めてなんでしょう？　生島君が言ってたよ」

そんなことを言ったのか、と対角線上の席に座る海里を睨むと、ごめんね、とばかり両手を合わされてしまった。しかし笑いながらなのであまり反省しているようには見えない。

酔っ払いを叱るだけ無駄かと、史生は運ばれてきたジョッキのビールを一息で半分ほど飲み干した。

「あれー、意外といい飲みっぷり！　もしかしてお酒強い？」

「いえ、まあ、人並みに……」

「私お酒強い人好き！　ねえ、フミちゃんてどういう子がタイプ？」

「これまでどんな子とつき合ったの？」

両脇からぐいぐい女性陣に迫られて目を白黒させる。本気で史生にアプローチをかけているというよりは、新しい玩具に群がる子供のようだ。向かいに座る男性陣も、焼きもちを焼くどころか楽しそうに笑っている。皆史生が来るまでに一体どれほど飲んだのだろう。

どうしたものかな、と困り顔でビールを飲んでいると、あっという間にジョッキが空になった。間が持たず新しいビールを頼もうと顔を上げたら、テーブルの近くに誰かが立った。

「次もビールかな。オーダーしてこようか？」

隣に座る人の声も喧騒に紛れがちな店内で、その低い声だけがやけにくっきりと耳を打った。

驚いて顔を上げれば、向かいに座る男性陣の後ろに直隆が立っていた。

左右の女性がヒッと息を呑む。史生も同じく息が止まった。腕にコートをかけ、スーツ姿で佇む直隆の姿は、その辺のメンズモデルが裸足で逃げ出す見栄えの良さだ。

「な、直隆兄ちゃん⁉」

離れた席で大きな音がして、海里がひっくり返った声を上げた。我に返って海里のいる方を見れば、派手に椅子から転げ落ちて床に座り込んでいる。

直隆は笑いながらそちらに近づいて、尻餅をついた海里に片手を差し伸べた。

「大丈夫か？　あまり飲み過ぎるなよ」

「う、うん、でも、兄ちゃん、なんでここに？」

「奥の座敷で会社の人たちと飲んでたんだ。会計済ませて帰ろうと思ったら聞き覚えのある声がしたから」

海里が椅子に座り直すや、近くにいた女性たちがわっと身を乗り出してきた。

「海里君、そちらの方、お兄さん？」

「よかったらお兄さんもご一緒しません⁉」

皆、目が必死だ。

さすがにこれだけ目をぎらつかせた女性たちに誘われても乗ってこないだろうと思いきや、直隆は「いいんですか？」と笑顔を見せた。男性陣が返事をする暇も与えず、「もちろん！」と女性たちが力強く頷く。

直隆はぐるりとテーブルを見回すと、迷わず史生の方へやって来た。

「それじゃあ、史生君の隣に座らせてもらおうかな」

「え、ぼ、僕の隣ですか⁉」

言うが早いか直隆は本当に女性たちの間を縫って史生の隣に腰を下ろしてしまう。

直隆が史生の分もビールを注文すると、あっという間に女性たちが直隆を質問攻めにした。

歳は幾つか、職場はどこか、家はどこか。さっきまで呂律（ろれつ）の怪しかった女性たちが、直隆に話しかけるときは心なしかしゃんとした顔つきになるから現金だ。

これでは男性陣が白けてしまうのではないかと思ったが、予想外に男性陣も直隆の登場に興奮している様子だ。ジャケットを脱いだ直隆がワイシャツの袖（そで）をまくって店員からジョッキを受け取った途端、向かいに座っていた四十代だろう男性二人が身を乗り出してくる。

「生島君のお兄さん、もしや体を鍛えておられる？」

「ええ、一時期ジムに通ってました」

「やはり！　見事な前腕筋だ！」

目の前で盛り上がる二人は春先にもかかわらず半袖のTシャツを着ている。露わになった腕は筋肉で盛り上がり、胸だってパツパツだ。そういえば、海里がボディービルダーの友達を連れてきていると言っていたが彼らだろうか。

「よろしければ上腕二頭筋なども見せてもらえませんか！」

直隆は「大して鍛えてませんよ」と困ったような顔で笑ったが、目の前の二人に食い下がられて、押し負けたように肘の上まで袖をまくり上げ、ぐっと腕に力を入れた。

男性陣の野太い歓声と、女性陣の黄色い悲鳴が同時に響く。史生も驚いた。優し気な風貌には似つかわしくないほど、直隆の腕にはがっしりとした筋肉がついていたからだ。

この瞬間、直隆は女性だけでなく男性陣からもうっとりとした眼差しを向けられることとなり、あっという間に話の中心になってしまった。

凄い人気だな、と思いながら、史生はテーブルに残ったつまみに箸を伸ばす。少し遠いところにある軟骨の唐揚げを取ろうとしていたら、直隆とは反対隣にいた女性に「取りましょうか？」と声をかけられた。

「あ、ありがとうございます」

「他にも適当にお皿に入れますよ。はい、どうぞ」

笑顔で皿を差し出され、史生も微笑んで礼を述べる。控えめに化粧をした感じのいい女性だ。酔って目元が赤くなっているのがなんだか可愛らしい。

「料理足ります？　他にも注文しましょうか？」

「そうですね……じゃあ、ちょっとだけ」

「これ、美味しかったですよ。海鮮焼きそば」

女性がメニューを広げてきて、史生も一緒に覗き込む。自然と相手と距離が近づいた。香水ともシャンプーともつかない甘い匂いがふわっと鼻先をくすぐった次の瞬間、耳元で低い声がした。

「美味しそうだな。俺も欲しい」

耳朶をふっと吐息が掠め、危うく悲鳴を上げかけた。振り返ると、直隆が史生の肩越しにメニューを覗き込んでいる。背中に直隆の胸がつくくらいの至近距離に驚いて、とっさに反対隣にいた女性に体を寄せてしまった。

女性と肩がぶつかり合う。謝るより先に、直隆に腕を取られて力強く引き寄せられた。

「駄目だよ、史生君。酒の席とはいえ、女性にあまり近づき過ぎたら失礼だ」

「あ、いえ、私なら……」

女性はフォローを入れようとしてくれたが、直隆ににっこりと微笑まれると言葉を忘れたように声が途切れた。

「ぶつかったとき、どこか痛めませんでしたか?」

「い……いえ、大丈夫、です」

酒のせいばかりでなく女性の目元が赤くなる。

期せずして他人が恋に落ちる瞬間を目撃してしまったが、史生は史生でそれどころではなかった。直隆に腕を引き寄せられたおかげで、互いの半身がぴったり密着していたからだ。距離を取ろうとしてもすぐに腕を引かれて引き戻される。

うろたえて直隆の顔を見上げると、蕩けるような笑みが降ってきた。続けて濃いアルコールの匂いが鼻先を掠め、ようやく直隆が強か酔っていることに気づく。

思えば直隆もつい先程まで奥の座敷で飲んでいたのだ。あまり顔色が変わらないのでわからなかったがそこそこ酔いが回っているのだろう。生島家の三兄弟は、実は揃って酒に弱い。

そういうことなら、と史生は直隆と肩を寄せ合う距離で大人しくなる。それを見た直隆は嬉しそうに笑って、早速店員に海鮮焼きそばや唐揚げを注文した。

史生はなるべくなんでもない顔でビールを飲むが、激しく胸を叩く心臓の鼓動が隣に座る直隆に伝わってしまわないか内心気が気でない。

直隆に対する恋心などすでに始末したつもりだったが、やはり初恋の相手は特別なのだろうか。こうして隣り合って座っているだけで心臓が大暴れして息苦しいほどだ。

なんとか直隆と距離をとろうとするのだが、料理が運ばれてくると直隆はかいがいしく史生の世話を焼きたがる。

「史生君、焼きそばどうぞ。唐揚げも食べるか？　ビールは？」

にこにこと皿を差し出され、礼を言って受け取るがまともに直隆の顔を見られない。遠目に見ても眩しいと思っていた笑顔をこんな間近で見たら、自分でもどんな反応をしてしまうかわからなかった。

直隆の隣でもそもそと焼きそばを食べ、ビールを飲んでいると、ふいに横から手が伸びてきた。頬に直隆の指が触れ、硬い感触にどきりとして目を上げる。

「ソースがついてる」

史生の頬を親指で拭い、直隆は目を伏せて笑う。

子供の頃、生島家で毎日のように史生と食卓を囲んでいたときよく見せた仕草だった。下に弟が二人いる直隆は面倒見がよく、あの頃もこうして史生の口元を拭ってくれたものだ。

当時の癖がつい出てしまったのだろう。頭ではわかるのだが、酔っているせいかいつもより格段に甘い表情を浮かべる直隆にこんなことをされてしまっては息もできない。

二人の様子を見ていた女性陣が黄色い声を上げる。我に返って史生が身を引くと、すぐに女性たちが直隆の方に身を乗り出してきた。

「生島さん！　私も、私も口に汚れが！」

「俺も俺も！」

なぜか男性陣まで身を乗り出してくる。完全に悪乗りする人たちを振り返り、直隆はにっこり笑って手元のおしぼりを差し出した。

「はい、どうぞ使ってください」

「えー！　フミちゃんに対する態度と大分違う！」

ワイワイ言い合う皆を眺め、直隆は笑顔で史生の肩を抱く。

「この子は特別なんです」

抱き寄せられ、今度こそ悲鳴を上げそうになった。直隆の広い胸に頬を押しつける格好になり目を回しそうになる。これには女性陣より男性陣の方が反応は早く、「その大胸筋を独り占めするなんてずるい！」と大騒ぎだ。

史生は最早身じろぎもできず、直隆の胸に凭れたまま、特別ってなんだろう、と思う。この場にいる人間の中で一番直隆とのつき合いが長いというだけの話だろうか。深い意味などないのだろうか。

ジョッキ二杯で酔うはずもないのに直隆の隣にいると思考がばらけ、史生は直隆が腕をほどいてくれるまで地蔵のように硬直していることしかできなかった。

史生が合流してから一時間ほど過ぎたところで合コンはお開きとなった。

結局最後まで直隆の隣に座らされて上の空だった史生は、せっかくの合コンだったのになんの成果を得ることもなく店を出る。

女性陣は最後まで直隆を二次会に誘っていたが、直隆は店を出るなり史生の側に来て「俺は史生君と一緒に帰るから」と笑顔で手を振り、つけ入る隙を与えなかった。

店の前で三々五々解散となり、駅へ向かおうとして史生は海里の姿がないことに気づく。

「カイ君はどこに行ったんでしょう。先に帰っちゃいました？」

「いや、今日は海里が幹事だって言ってたし、まだ会計でもしてるんじゃないか？」

どうせ同じ方向なのだから一緒に帰ろうと海里を探すが、店の中には姿がない。一応トイレも覗いてみたがこちらもいなかった。不安になってきて史生は店の周りを歩き回る。

「俺たちが気づかないうちに帰ったのかな」

「だといいんですけど……。カイ君お酒弱いから、具合が悪くなってないか心配です」

「駅に向かう途中で会えるかもしれない。とりあえず行こう」

直隆に促され、史生も辺りを見回しながら歩き出す。途中にあるスーパーやコンビニも外から覗いてみるが海里の姿はない。電話をかけてみようかと鞄から携帯電話を取り出したとき、直隆が足を止めた。

「あれ、海里じゃないか？」

直隆が指さしたのは川沿いにある小さな神社だ。誰かが境内に入っていく。遠目だったが、外灯に一瞬照らされた赤いジャンパーを見て史生も海里だと確信した。

「具合が悪くなって休んでいくつもりですかね。それとも冬虫夏草でも探してるのかな」

「冬虫夏草がこんな場所に？」

「カイ君いわく結構神社の境内なんかにあるらしいですよ。それより直隆さん、冬虫夏草わかるんですか？」

お喋りをしながら暗い川沿いを歩いて神社に向かう。境内の周囲は大きな楠木(くすのき)で囲まれていてさらに闇が深い。木々の隙間から境内を覗いてみると、拝殿と手水舎(ちょうずや)があるだけのごく小さな神社であることが見て取れた。

幅の狭い川沿いの道を歩き、数段しかない石階段を上がって境内の中に入ろうとして、直前で史生と直隆は足を止めた。てっきり海里だけかと思っていたが、話し声が聞こえる。

境内を覗き込むと、海里と一緒に体の大きな男性がいるのが見えた。

「……合コンに来てた人ですね。カイ君の友達かな」

二人は拝殿の前に立ち、がらんがらんと鈴を振っている。酔っ払っているらしくけらけらと笑う声がここまで響いてきた。

随分と楽しそうだし、海里ひとりでもない。声をかけずに帰ろうとしたら、急に海里が隣にいる男性に抱きついた。相手も両腕で海里を抱き返してきて、史生はとっさに近くの楠木の裏に身を隠してしまう。促すまでもなく直隆も木の裏に身を潜め、さっと史生に視線をよこす。

薄暗い外灯の光だけでも、互いが見てはいけないものを見てしまったような顔をしているのがわかった。次の言葉が出てこない二人を置き去りに、境内からは海里の押し殺した笑い声が聞こえてくる。恐る恐る木の裏から窺い見ると、海里が愛し気な手つきで相手の背中を撫でていた。男性はこちらに背中を向けているので表情がよくわからないが、嫌がるような素振りはない。それどころかますます強く海里を抱きしめている。

完全に恋人たちの密会を目撃してしまった気分で、史生は再び木の裏に身を隠した。

心臓がどきどきと落ち着かない。広い背中を撫でる海里の白い手がやけに鮮烈に目に焼きついた。弟のように思っていた海里のセクシャルな一面を覗き見てしまったようで気後れする。

動くこともできず立ち竦んでいると、そっと直隆に肩を叩かれた。

「海里たち、行ったよ。あっち側にも出入口があるみたいだ」

史生は無意識に詰めていた息を吐く。恐る恐る木の裏から出てみると、直隆が言った通り境内に海里たちの姿はもうなかった。

史生はしばし呆然と神社の暗がりを眺める。海里の白い手の動きを思い出していたら、ポストに投げ入れられたノートのことが頭を過った。

（男の人が好きだって書いてあったけど、まさか、カイ君……？）

日記には他にも、女の人の服を着るのが好きだともあった。三兄弟の中で海里は一番中性的な顔をしているし、髪だって襟足を長めにしている。もしかしたら。

よく考えてみれば、日記の筆跡は海里のものだ。幼い頃の字ではあったが、本人が一番上手く書けて当然ではないか。

考え込んでいると直隆に声をかけられた。はっとして顔を上げれば、直隆も深刻な表情でこちらを見ている。境内に重たい沈黙が流れ、それを掻き消そうと史生はわざと明るい声を上げた。

「ふ、二人とも酔ってたんですかね！　ちょっとスキンシップ過剰ですけど、まぁ酔ってたらあれくらい普通というか……」

史生の言葉が終わらぬうちに、直隆が大股で一歩前に出た。身構える間もなく大きな体が目の前に迫り、真正面から直隆に抱き寄せられる。

背中が撓るほど強く抱きしめられ、バランスを崩してとっさに直隆の背に手を回した。コートの背中を強く握りしめ、自分たちが先程の二人と同じ体勢を取っていることに気づく。

直隆の体は熱かった。史生を抱き寄せる腕は痛いほど強い。

爪先から全身に震えが走る。長年想いを寄せていた初恋の相手だ。今はもう恋ではなかったと理解しているはずなのに、どうして心臓を直接殴られるような衝撃を受けるのだろう。息もろくにできない。

ほんの数秒か、あるいはもっと長い時間か、抱きしめられていた時間は定かでないが、史生を拘束していた腕がふいに緩んだ。身を離すとき、コートの下からふわりとアルコールの匂いがして、直隆もまた酔っているのだと思い知る。

完全に史生を逃がすことはせず、緩く両腕で囲ったまま直隆は呟いた。

「これが普通か?」

薄暗い境内で、こちらを見る直隆の目だけがギラギラと光っている。熱い吐息が頬を撫で、史生はぶるりと背筋を震わせた。

衝撃に麻痺していた耳が蘇ったのか、先程までは聞こえなかった自分の鼓動が煩いくらい鼓膜を叩く。史生は直隆から目を逸らせないまま、首を横に振った。

「じ、尋常ではない、です」

他人とこんなにも体を密着させるのは、やはり尋常ではない。呼吸すら覚束なくなる。

直隆は史生の目を覗き込んで苦しそうに息を吐くと、史生の肩口に顔を埋めた。

「そうだな……、尋常じゃない。どうしたらいいんだ」

先程よりも加減した力で抱きしめられ、史生は漏らしかけた声を呑み込む。

きっと直隆は酔っている。そんなときに同性と抱き合う海里の姿を見てしまい、ひどく動揺しているだけだ。史生を抱きしめる行為に他意はない。意識する方がおかしいと自分に言い聞かせ、そっと直隆の背中を撫でた。

「大丈夫です。カイ君のことは、僕に任せておいてください」

できる限り普段の調子を心がけたが、声の震えは隠せなかった。

しばらく間をおいてから、うん、と直隆が小さな声で返す。常になく子供っぽいそんな物言いにまた胸が苦しくなって、史生は震えた溜息をつき直隆の背を撫で続けた。

史生の想像以上に酒を飲んでいたらしい直隆は、その後ふらふらになりながら史生とタクシーに乗り、車中では深く眠ったまま自宅に戻った。

翌日、仕事帰りに生島家に顔を出してみると、若干顔色の悪い海里が出迎えてくれた。

「フミちゃん、昨日はごめんね？　俺途中で酔い潰れちゃって、最後の方はよく覚えてないんだけど、直隆兄ちゃんと一緒に帰ってきたの？」

「そうだけど……、カイ君、記憶が飛ぶまで飲んでたの？」

「うん、まさか飛ぶとは思わなかった。俺、フミちゃんみたいに酒強くないからさぁ」

しおしおと項垂れる海里を慰めてやって、史生は本題を切り出す。

「カイ君、誰かと一緒に帰ってたよ。合コンに来てた人だと思うけど、バイト先の人？」

「え、誰だろう」

海里はきょとんとした顔だ。どうやら本当に覚えていないらしい。

「半袖のTシャツ着てたよ。上着は着てなかった」

「あ、もしかして下はハーフパンツ穿いてた？　じゃあそれ、晴海ちゃんだ」

妙に可愛らしい名前が出てきたので、女の人じゃなかったよ、と言い添えようとすると、わかっていると言わんばかりに頷かれた。

「晴海ちゃんとはジムで知り合ったんだ。言ったじゃん、俺ジムに通い始めたって。去年の暮れくらいからかな。マシンの使い方とかよくわかんなくて困ってたら、晴海ちゃんが教えてくれたんだ。すっごい体ムキムキで厳つい顔してるのに、皆から晴海ちゃんとか呼ばれてて、優しいし親切だし、俺もいっぺんに好きになっちゃった」

好き、という言葉にどきりとしたが、海里の表情に何かを隠すような色はない。ただの親愛だろうか。あるいは恋愛感情か。この短いやり取りで結論を出すのは難しそうだ。

海里のことは任せてほしいと直隆に言ってしまった手前、どうにかこうにか探りを入れたいところだが、単刀直入に「カイ君はゲイなの？」と尋ねるのも憚（はばか）られた。まだあの日記の差出人が海里と決まったわけでもない。

考えた末、史生は質問を変えた。

「晴海さんもカイ君と同じジムに通ってるんだよね？」

「うん、そうだよ。フミちゃんも通ってみる？　汗かくと気持ちいいよ！」

「ちなみにどこのジム？」

海里は警戒もなくジムの名前を教えてくれた。史生も知っている大型ジムだ。史生の勤務地から数駅離れた場所にあり、二十四時間営業を売りにしていたはずである。

（だったら、ジムに行けば二人が普段どんなふうに接してるのか少しはわかるかな）

できることなら、素面の状態で二人が一緒にいるところを見てみたかった。史生が合コンに参加したときは海里も晴海も既に酔っ払っていたので、二人の距離感が今ひとつ摑めない。

海里に晴海を呼び出してもらって三人で会うことも考えたが、その理由を問われたら上手くごまかせる自信がなく、史生はひとりジムに向かうことを決意する。

運がよければジム内で二人の様子が見られるかもしれない。その可能性に賭（か）けて。

計画を立てた後の史生の行動は早かった。海里から話を聞きだした翌日、早速件のジムに向かったのだ。

仕事帰りだったので時刻は夜の九時近かったが、大型マンションのようなジムからは煌々と明かりが漏れ、エントランスにもたくさんの利用者がいた。

史生はエントランスに入ってぐるりと中を見回してみるが、さすがに都合よく海里の姿を見つけることはできなかった。晴海の姿もない。

（この調子だと、しばらく通うことになるかな……）

エントランスの隅で息を潜め、偶然二人がやって来るのを待つしかないか。考えてみるとなかなかに気の長い作戦だ。他の方法を考えた方がいいだろうかと悩みつつエントランスをうろうろしていると、受付カウンターにいた女性に「見学ですか?」と声をかけられた。

黒のハーフパンツにTシャツを着て、浅黒く日に焼けた女性だ。インストラクターだろうか。曖昧に頷いた史生に満面の笑みを向け、「よろしければジムの雰囲気だけでもご説明しますよ」とカウンターへ誘う。

「体を鍛えることに興味がおありですか? それとも以前何かスポーツをしてらっしゃったとか?」

長い髪を後ろで引っ詰めた女性とカウンター越しに対面して、いいえ、と首を横に振る。学生時代はろくな部活もやってこなかったし、運動神経はどちらかというと悪い方だ。

「でしたら、健康維持などを考えてこちらに？」

「いえ、友人が通っているので、ちょっと興味があって……」

「お友達はどんなプランを？」

「それは特に聞いてなかったんですが……」

　これ幸いとばかり、女性はカウンターにずらりとパンフレットを並べた。

「ジムのご利用ごとに都度お支払いいただく都度利用プランと、月会費で通っていただくプランがございます。月会費プランは週に何回通うかによっても金額が変わってきます。お勧めはフリープランですね。毎日来ていただいても結構ですよ」

「はぁ、そうですか……」

「基本的にジムのマシンをご自由に使っていただくことになりますが、専属のトレーナーをつけることも可能です。トレーニングに不慣れな初心者の方は、最初にきちんとトレーナーをつけることをお勧めします。マシンの使い方にも不安があるでしょうし」

「確かに、そうですね」

「グループでレッスンをするスタジオプログラムなどもありますよ。格闘技の動きを取り入れたボディコンバットが男性には人気がありますね。ヨガなんかもお勧めですが」

　流れるようなセールストークに相槌（あいづち）を打ちながら、同じ接客業として参考にしよう、と史生は思う。ただ、史生のもとによく来る年配の客に同じようなマシンガントークをしたら、まず間違いなく「ちょっとよくわからない」と逃げられてしまうだろうが。

明後日の方向に思考を飛ばしている間も女性の喋りは止まらない。史生は相槌しか打っていないのに、いつの間にかトレーナーつきのフリープランで、ヨガのレッスンまで受けさせられそうになっている。さすがにそろそろ止めた方がいいかな、と思っていたら、カウンターに並べられたパンフレットの上にふっと影が落ちた。

「そんな勧誘じゃ、さすがに強引過ぎてお客さんが困ってるんじゃないか?」

低い声にドキッとして、史生はすぐに背後を振り返れない。

最近同じような状況が続いている気がするのだが、まさかと思いながら恐る恐る振り返る。そこには思った通り、直隆の姿があった。

日曜日だからか、さすがに直隆はスーツを着ておらず黒のデニムに丸首のシャツを合わせ、さらりとネイビーのジャケットを羽織っている。何ひとつ派手なところはないのに、スタイルがいいせいかロビーの人たちがちらちらと直隆を振り返っていた。気持ちはわかる。

直隆は硬直する史生の顔を覗き込み、「大丈夫だったか?」と眉を曇らせる。それを聞きつけた女性がカウンターの向こうで頬を膨らませた。

「ちょっとぉ、別に無理強いなんてしてないし、きちんと説明してただけでしょう?」

急に女性が砕けた口調になってぎょっとしていると、直隆がごく自然に史生の隣に腰を下ろした。

「史生君、彼女は俺の高校時代の同級生なんだ。だよな、美波」

「まぁね。あれ、お客様は生島とお知り合いですか？」

「お、お隣さんです」

そうなんだ！　と手を叩き、美波と呼ばれた女性はいそいそとパンフレットを押し出した。

「これも何かのご縁ですから、よろしければご入会手続きだけでもいかがですか？　本日ご入会いただけますと、ご入会金が二十パーセントオフになりますよ！」

こら待て、と美波を止め、直隆は史生を振り返った。

「君、本当にジムに入るつもりがあるのか？　そうじゃないなら断っていいんだぞ」

「い、いえ、一応、入会するつもりで来てます」

そうでもしなければ海里と晴海が一緒にいる現場に出くわすことは難しそうだ。

直隆は「ならいいんだ」と表情を緩め、カウンターの上のパンフレットを指さした。

「俺も入会するつもりで来たんだ。少しだけアドバイスしようか？」

どうする、と問われ、史生は目を瞬かせる。もしや直隆も、海里と晴海がジムに通っていると知って二人の様子を探りに来たのだろうか。ならば自分まで通う理由はないか？　と思ったが、瞬き一回で思いは翻り、「よろしくお願いします」と頭を下げていた。

そのとき史生の胸を過ったのは、ジムに通えば直隆に会う機会が増えるかもしれないという期待だった。直隆は相変わらず仕事が忙しいらしく、隣に住んでいるのに顔を合わせることはほとんどない。

　そこまでして直隆に会いたいのか、と我に返ったのはその直後で、はっとして前言を撤回しようとしたが間に合わなかった。直隆が思いがけず嬉しそうに笑ったからだ。

「じゃあ、時間が合うときは一緒に通おう。仕事帰りに来るならお勧めはナイトプランだ」

「そ、それにします」

「パーソナルトレーナーはいらないかな。マシンの使い方なら一通り俺が教えるから。ヨガもいいけど、トレーニングの後にしっかりストレッチをすれば十分だろう」

「ちょっと生島、あたしの仕事とらないでよ」

　唇を尖(とが)らせる美波に「俺が案内した方が無駄はない」と直隆は言い返す。同級生らしい気の置けないやり取りだ。

　とりあえず直隆とともにプランを決め、今日は見学を兼ねて少しマシンに触らせてもらうことになった。ウェアも貸してもらえるというので、直隆と一緒に更衣室へ向かう。

　更衣室で隣り合ったロッカーを確保すると、史生は小声で直隆に尋ねた。

「あの、直隆さんがこのジムに来たのって、カイ君もここに通ってるからですよね？　この前神社で一緒にいた方もいるみたいですよ」

　すでに服を脱ぎ始めていた直隆は驚いたように史生を見下ろすと、すぐに納得顔になってジャケットをハンガーにかけた。

「だから君、ジムに見学なんか来てたのか。昔から運動はあまり好きじゃなかったのに珍しいとは思ったけど……。にしても、あのとき海里と一緒にいた相手もここに通ってるのか？」

「え、あれ、カイ君から聞いたわけじゃないんですか？　僕、てっきり……」

喋っている間も直隆は躊躇なくシャツを脱ぐ。広い胸が露わになって、どきりとした史生は慌ててロッカー扉の裏へ逃げ込んだ。見てはいけないものを見てしまった気分になって、男同士なのにおかしいなと首を捻っていたら、直隆が掠れた笑い声を漏らした。

「海里がジムに通ってることは母さんから聞いてたけど、本人からは何も聞いてない。同じ家に住んでいてもまともに話をしていないんだ。哲治もそうだけど、どうも二人から避けられてるみたいだな」

「ま、まさか。二人とも、直隆さんが帰ってくるってわかったときそわそわしてましたよ」

「それ、いい意味でそわそわしてたのか？　それとも戦々恐々？」

とっさに返事ができなかった。言われてみれば、戦々恐々の方が近かったかもしれない。数年ぶりに会う兄とどう接すればいいのか戸惑っているのだろうか。海里の方はそうかもしれないが、哲治はどうだろう。直隆がずっと実家にいるのなら、自分は家を出ていくとまで言っていたが。

考えてもわからない。これに関しては後日海里と哲治から直接聞き出すことにして、多少強引に話題を変えた。

「直隆さん、入会手続き随分慣れてましたね」

「東京でも通ってたからね。こっちに戻ってからもジムには通うつもりでいたんだけど、帰って早々に美波と会って……。そうだ、君も見てたんじゃないか？　俺がこっちに戻って来た日、駅前で会っただろう。あのとき俺と一緒にいたのが美波だ」

着替えながら、史生は懸命にあの日のことを思い出す。そういえば改札から出てくるとき、直隆は女性を伴っていた。

「電車の中で偶然一緒になって、お互い近況を報告してたら美波がこのジムでトレーナーをしてるのがわかったんだ。あの調子でセールストークされて、特にどのジムにするか決めてなかったからここに通うことにした。海里もここに通ってるって知ったのはその後だ」

話を聞きながら黒のハーフパンツとTシャツに着替えた史生は、そっとロッカーの扉に手をかけた。

「あの……美波さんって、直隆さんの元カノとかじゃ、ないんですよね……？」

「ん？　前も違うって言わなかったか？」

「言われたんですけど、下の名前で呼んでるので」

直隆は手首にロッカーのカギを通しながら、「違うよ」と笑った。

「美波は苗字だ。フルネームは美波律子。それにもう結婚したって言ってた。苗字も今は美波じゃないんだろうけど、昔のくせでね」

「あ、なんだ、苗字だったんですか」

自分でも現金なくらいほっとした声が出てしまい慌てて口を閉ざす。妙な反応をした自分を悔いて足早に直隆の横を通り抜けようとすると、後ろから肩を掴まれた。

「更衣室の出口はあっちだよ」

「あっ、す、すみません、うっかり」

「それから、ロッカーの鍵を閉め忘れてる」

動揺が行動に出てしまっている。顔を赤くしてロッカーに鍵をかけていると、直隆が忍び笑いを漏らした。

「下の名前を呼んでるから彼女だと思った？　その理屈でいくと、前に君がショッピングモールで一緒にいた娘は君の彼女ってことになるな」

美優さんだっけ？　とからかうように囁かれて体が跳ねる。潜められた声はやけに艶を帯びていて手元が狂った。鍵を落としてしゃがみ込めば、直隆まで一緒にその場に膝をつく。

「彼女が君の恋人？」

いつの間にか、直隆の顔から笑みが引いていた。

真正面からこちらを見る直隆の瞳の鋭さに怯んで声が出ない。嘘をつくのがためらわれる。

言葉を探し、史生が微かに唇を震わせたときだった。

「やっぱ日曜は混んでるなー。ロッカー空いてる？」

聞き覚えのある声が耳に飛び込んできて、直隆と一緒に目を見開いた。振り返れば、更衣室に赤いスカジャンを着た海里が入ってくる。

驚いて立ち上がると、その動きが視界に入ったのか海里もこちらを見て目を丸くした。

「あれ⁉　フミちゃん、と……直隆兄ちゃんもいるの⁉」

「う、うん。さっきロビーで偶然会って……。直隆さんにいろいろ教えてもらって、入会手続きも済ませてきた」

入会したの！　と海里は叫んで、嬉しそうにその場でジャンプした。

「じゃあこのジムの大先輩を紹介しとくよ！　晴海ちゃん。合コンでも一緒だったでしょ？」

そう言って背後を振り返り手招きする。遅れて更衣室へ入ってきたのは、四十代だろう体の大きな男性だ。大きいといっても太っているわけではなく、全身にみっしりと筋肉がついている。表情は柔和で、こんばんは、とテノール歌手のような声で挨拶してくれた。言われてみれば確かに合コンでも顔を見た記憶がある。

せっかくだから皆で一緒にトレーニングしようと海里に誘われ、四人でトレーニングルームに向かった。海里はすっかりはしゃいだ様子で、早速史生をベンチプレスに寝転ばせる。

「フミちゃん、これわかる？　ここに寝っ転がってバーベル上げるんだよ！」

「い、いきなり持ち上げられないよ」

「大丈夫だよ、案外簡単だから！」

目の前に迫るバーの圧迫感に怯んでいたら、横からやんわりと直隆が止めに入ってくれた。

「こら、ちゃんと説明しないと怪我するぞ。史生君も無理しないで。最初からバーベルを上げるのが不安だったら、まずはダンベルを使ってフォームを確認しよう」

言うが早いか直隆はマシンからバーベルを外し、ダンベルを二つ持ってきてくれた。

「仰向けのまま、天井に向かって手を上げて。肩甲骨を内側に入れて、背中でアーチを作るようにするといい」

二人の様子を見守っていた晴海が「生島君のお兄さんは教え方が丁寧ですな。専属トレーナーになれそうだ」と感心したような声を上げる。史生につきっ切りでは自分のトレーニングができないだろうに、直隆は嫌な顔ひとつしない。

ダンベルを使った動きに慣れてくると、ようやくバーベルがセットされた。最初は重りをつけず、棒だけ持ち上げるよう促される。ラックからバーベルを外すときも直隆がきちんと補助をしてくれて、さすがにそこまでしなくとも、と思ったが、「離すよ」と言って直隆が手を離した途端、腕にずしりと重みがかかって目を瞠った。それを見て、周りにいた三人が楽しそうに笑う。

「重りつけてなくても結構腕プルプルするでしょ！」

「バーベルだけでも二十キロありますからな」

「に、二十……！」

「大丈夫、ゆっくり下ろして。無理そうだったら補助するよ」

史生の顔を覗き込み、安心させるように直隆が笑う。一瞬、こんな専属トレーナーがいるなら毎日だって通っていいと思ったが、美形に見詰められると動揺して激しく目が泳ぐので怪我はしやすくなるかもしれない。集中できず、一度バーベルを上げただけで史生はベンチプレスから下りた。

次は直隆がベンチプレスに腰かける。すぐに晴海が補助を名乗り出てくれた。

「生島君のお兄さん、何キロです？」

「そうですね、とりあえず七十で」

「お、やはり結構鍛えてますな。何発いきます？」

「まずは五発くらいですか」

楽し気なやり取りを見るに、二人ともジムには通い慣れているらしい。晴海は筋骨隆々な外見からもそれがわかる。

改めて見ると直隆の体も大したものだ。バーベルを持ち上げるとき、両腕にぐっと力が入って筋肉がはっきりと盛り上がる。胸筋の隆起はシャツの上からも見て取れた。

地元にいたときはここまで筋肉質な体型ではなかった。東京で鍛えたのだろうか。

「フミちゃん、俺たちはあっちでやろうよ」

海里に肩を叩かれ、史生は直隆の逞しい肉体から視線を引きはがす。

海里が連れてきてくれたのはチェストプレスのマシンだ。大胸筋を鍛えるマシンだそうで、器具に腰かけ、肩の高さにあるバーを前に押し出す動作をする。

最初に海里が手本を見せてくれたが、意外なほど軽々とマシンを扱うものだから驚いた。よくよく見ると、晴海や直隆ほどではないにしろ、海里の腕にも薄く筋肉が乗っている。

「カイ君が体を鍛えてるって意外だったな。部活もやってなかったのに、どうして急に？」

何気なく尋ねると、海里は真剣な表情で答えた。

「俺、昔からよく女の子に間違われたりしてたじゃん？　大学でも女の子たちに可愛いとか言われてさ、そういうの、ちょっと嫌なんだよね。だから手っ取り早く体鍛えようと思って」

思わぬ返答に史生は目を瞬かせる。日記の差出人は海里ではないかと半ば確信していただけに意外だった。

女性の服を着るのが好きなら、女の子に間違われたり、可愛いと言われたりすることに抵抗はないのではないか。となると、ノートで悩みを打ち明けてきたのは海里ではないのか。あるいは異性の服を着るという行為の裏には、もっと複雑な心の動きがあるのだろうか？

戸惑っているうちに海里がマシンを下りて史生に順番を譲った。史生も慣れない仕草でバーを握って前に押す。海里は軽々と動かしていたのに、実際やってみると思った以上に重い。

「す、凄いね、カイ君、こんなの動かしてたんだ」

「フミちゃんは今日が初めてだからね。慣れればもっとスムーズに動かせるようになるよ。直隆兄ちゃんの方は……、今日が初めてとは思えないくらいここに馴染んでるなぁ」

直隆たちを見て海里は苦笑を漏らしている。いつもと変わらぬその笑顔に史生も表情を和らげ、実はさ、と小さな声で切り出した。

「さっき更衣室で、直隆さんがカイ君と哲治に避けられてるような気がするって言ってたんだけど、直隆さんの気のせいだよね?」

海里の視線がこちらに戻ってくる。まさか、と笑い飛ばされるのを期待したが、海里は何も言わず目を伏せてしまった。思わずバーを押す手が止まる。

「そうだね……。哲治兄ちゃんは確かに避けてるかな。テレビとか見てても、直隆兄ちゃんが帰ってくると自分の部屋に行っちゃうし」

「カイ君は? 避けてるの?」

避けてるって程じゃないけど、と呟いて、海里はちらりと直隆を見た。

「今日さ、バイト終わってからここに来たんだけど、一昨日の合コンに来た人たちがずっと兄ちゃんの話してて、なんか、居づらいっていうか。俺のこといちいち兄ちゃんと比較してくるんだよね。兄ちゃんがアルサトに勤めてるってわかったら、『生島君もアルサトいくの?』とか訊いてきて。でも俺なんかじゃアルサトとかいけるわけないいし、そもそも進路も決まってないし」

胸の中で渦を巻く感情を持て余したように、海里は深々とした溜息をつく。

「前に哲治兄ちゃんが、どこに行っても直隆兄ちゃんと比較されるから嫌だってよく言ってたけど、こんな気分だったのかなぁ」

史生はバーを押すのも忘れ、でも、と身を乗り出した。

「直隆さん、二人に避けられてるって淋しそうにしてたよ。あんまり邪険にしちゃ駄目だよ」

「うん、わかってる。別に直隆兄ちゃんが悪いわけじゃないし」

海里はそう言って笑ったものの、横顔に浮かんだ笑みはいつになく弱々しい。

普段、底なしに明るく笑っている海里が垣間見せた劣等感に史生は驚く。直隆ほどの兄がいればどうしたって弟たちは比較されてしまうだろうが、海里ならばからりと笑って「うちの兄ちゃんは凄いでしょう」などと胸を張るのではないかと思っていた。現に海里が中学生の頃までは、史生にもよく直隆の自慢をしていたものだ。

マシンの横に立った海里が大きく肩を回す。半袖から露出する腕は思いがけず筋肉がついていて、幼い頃に自分の後ろをついて歩いていた海里とは別人のようだとふいに思った。

あれほど屈託がなかった海里も知らぬ間に大人になって、直隆に対して上手く言葉にできない感情を抱えているらしい。

思った以上にこの兄弟は仲が入り組んでいるのかもしれないと、このとき初めて史生は自覚したのだった。

軽く一時間ほど汗を流し、直隆と史生はともにジムを出た。海里はこれから晴海と飲みに行くそうだ。

ジムの前で二人と別れ、史生は小さな溜息をついた。

「……あの二人、年の離れた友達同士って感じでしたね」

「そうだな。晴海ちゃんも気の好い人だった」

いつの間にか直隆まで晴海をちゃんづけで呼んでいる。すっかり意気投合したようだ。

「とりあえず、しばらくは僕もジムに通って二人の様子を見てみます」

そう宣言して駅に向かおうとすると、直隆に後ろから腕を引かれた。ぐんと体ごと引き寄せられ、直隆の広い胸に背中がぶつかる。

顎を上げれば、星空を背に直隆が史生の顔を覗き込んできた。

「もしも二人がつき合っていたら、君はどうする？　二人を止めるか？」

その瞬間まで、二人の恋路を阻むという発想すらなかった史生は目を瞬かせる。海里と晴海がつき合っているかどうか知りたかったのは、単にノートの差出人を特定したかったからだ。

直隆としては、実の弟が同性愛に走ったとあらば止めたいのが本心だろうが、史生は軽々しく二人の仲を裂く気になれない。一時の気の迷いとはいえ、直隆に恋をしていたことがあるだけに同性愛に対する忌避感は薄く、本当に好きな相手なら上手くいってほしいとすら思う。

本音を口に出せず黙り込んでいると、腕を摑んでいた直隆の手が緩んだ。

「ごめん、変なことを聞いた。それより送るよ、車で来てる」

直隆は微笑んで駐車場へと足を向ける。その背中を目で追って、史生はそっと自分の腕をさすった。

時間差で直隆に摑まれた場所がじんじんと疼く。背中で感じた胸の広さにもどぎまぎした。

動揺を押し殺して駐車場に向かうと、直隆が大きな車の前で足を止めた。生島家の車庫でも見たシルバーの外国車だ。

ロックを外した直隆は、助手席のドアを開けて「どうぞ」と史生に乗車を促す。生まれて初めて受けるエスコートにへどもどしつつ、史生も車に乗り込んだ。

車に疎い史生ですら見覚えのあるエンブレムをつけた高級車は中も広々としている。背中を預けたシートはしっかりと史生の体を受け止め、ソファーで寛いでいるような気分だ。

「じゃあ、行こうか」

直隆がアクセルを踏み込んで、車は滑らかに発進する。シートベルトを締めながら、史生は横目で直隆の姿を盗み見た。

直隆が上京する前も何度か車に乗せてもらったことはあるが、大抵哲治や海里も一緒だったので助手席に座るのは初めてだ。対向車のヘッドライトに照らされる横顔が凜々しくて目を逸らせずにいたら、直隆が前を向いたまま苦笑した。

「俺の運転は心配かな？」

「え……あっ！　す、すみません、そういうわけじゃ」

横目で見ていたつもりが、いつのまにか直隆に顔を向けて凝視していた。慌てて顔を正面に戻して言い訳を探す。

「こんな高級車初めてで、ちょっと緊張してしまって。ここに乗った人なんて、皆ぽやーっとなっちゃったんじゃないですか？」

彼女さんとか、と軽い調子で言おうとしたのに、小石で喉を抉られるような痛みを覚えて声が詰まった。咳払いでごまかしていたら信号待ちで車が止まり、ハンドルに手をかけた直隆がこちらを向く。史生も顔を向ければ、外灯の光が直隆の頰を滑らかに照らした。

「この車の助手席に誰かを乗せたのは、君が初めてだ」

唇に薄く笑みを乗せた直隆の声は低くしっとりと車内の空気を震わせて、危うく喉を鳴らしてしまいそうになった。

硬直する史生を置き去りに信号が青に変わり、前を向いた直隆が車を発進させる。楽し気な笑みを口元に残すその横顔を見て、史生は胸中で絶叫した。

（絶対、嘘だ！　十人ぐらいの女の子に同じセリフと笑顔向けてるって！　絶対！）

こんなハイスペックな男が高級車を乗り回しているのだ。東京では引きも切らず誘いがかかっただろうし、自分より前にこの助手席に座った女性たちは晴れがましい気持ちで運転席の直隆を見詰めたに違いない。

外灯に照らされる美しい横顔を溜息交じりに眺めていたら、ふいに直隆が手を上げた。対向車に対して身ぶりで礼をしたらしい。礼儀正しいな、と思っていたら、間をおかず再び手を上げた。見ているうちにもう一度手を上げる。さすがに困ったような顔だ。

「……どうかしたんですか？」

「いや、やたらと道を譲られるものだから。向こうが優先のはずなんだけど」

「こんな高級車だから相手が怯んじゃうんじゃないですか？」

「別に道を譲ってもらいたくて厳つい車に乗ってるわけじゃないのにな。こっちに戻ってきたことだし、小回りの利く軽に替えようか」

直隆はこだわりなくそんなことを言う。よほど車に思い入れがあってこんな高級車に乗っていたのではないのかと史生が尋ねると、直隆の横顔からふっと表情が消えた。

「別にこだわりなんてなかったんだが、特に給料の使い道もなかったからな」

「ええ？　東京なんて買い物する場所も美味しい物も一杯あるじゃないですか。哲治とかカイ君が行ったら遊び回って一週間で破産しそうなのに」

笑い交じりに史生が言ったのを最後に会話が途切れた。直隆からの返事がない。

この距離で聞こえなかったはずはないだろう。何か気に障るようなことでも言ったかとひやりとしたが、ややあってからようやく返事があった。

「忙しくて、遊んでいる暇もなかった」

車内に響いた声はひどく乾いて感情が窺いにくかった。車が再び信号につかまって停止したが、直隆はこちらを見ることなく続ける。

「車を買っても乗る暇なんてないのはわかってたんだ。そもそも都内なら車がなくても十分生活できたのに、それでも買った。どうしても手元に置いておきたくて」

「そんなにこの車、気に入ったんですか？」

「車種はどうでもよかったんだけどね」

直隆は前を向いたまま目を眇め、唇から細い息を吐いた。

「車があれば、いつでも自由に遠くへ行ける気がして、欲しくなった」

直隆の目が、遥か遠くを見ているかのように焦点を失う。体はここにあるのに心だけどこかへ行ってしまったようで、史生はとっさにギアを握る直隆の手に自身の手を重ねた。強く握りしめると、直隆も目が覚めたような顔をしてこちらを向く。

自分から手を握ったことにうろたえる余裕もなく、史生は直隆の目を見て言った。

「どこに行っても構いませんが、ひとりでは行かないでください。僕で良ければ、いつでもついていきますから」

多分直隆は、単純にドライブに行くような話をしているわけではないだろう。わかっていたが言わずにいられなかった。

真剣な表情で直隆の反応を待っていると、張り詰めていた直隆の顔がふわりとほどけた。

「……そうだな。そのときは、君に声をかけるよ」

ありがとう、と直隆が笑う。

いつもの笑顔にほっとして、ぎこちなく直隆の手を離した。

再び走り出した車の中で、史生は直隆が一瞬だけ見せた空虚な表情を思い返す。

人と物に溢れた東京で、直隆はどんな生活を送っていたのだろう。自由に遠くへ行けるから、などという理由で車を買った直隆は、どこへ行こうとしていたのだ。あるいは目的地などなく、ひたすらにどこかから逃げ出そうとしていたのかもしれない。

どこか――東京――それとも本社か。

考え込んでいたら、あ、と直隆が小さな声を上げた。

「この先にドーナッツショップがあるのか」

直隆の声で現実に引き戻され、史生も夜道に目を凝らす。道路の脇に等間隔で幟が出ていた。幟には最近この辺りに開店したばかりのドーナッツ店の名前が翻っている。

「そうなんです。東京でも流行ってるお店なんですよね？　最近ようやくこっちにも出店してきたんです」

「まだやってるかな」

「確か、夜は十一時までやってたと思います。若い子がよく遅くまで並んでますよ」

けに驚いた。

「寄っていい？」

史生は首を巡らせて直隆に顔を向ける。直隆はあまり甘い物を好まないイメージがあっただけに驚いた。

「構いませんけど、直隆さんが食べるんですか？」

「いや、海里に買っていこうと思って。あいつ、ドーナッツが好きだろう？」

なるほど、と史生は頷く。海里は子供の頃からドーナッツが好きで、今から向かう店も開店日の朝から行列に並んだらしい。子供の頃は翠（みどり）が仕事帰りに買ってきてくれるドーナッツに目を輝かせていたな、などと思い返し、史生はふっと笑みをこぼした。

「そういえば昔、カイ君がドーナッツの前で正座してたことがありましたね。部屋の電気もつけないで」

直隆はハンドルを切りながら何か思い出すような顔をして、すぐに声を立てて笑い始めた。

「あったね。海里が小学生のときだ。俺たちが帰ってくるまでおやつのドーナッツに手をつけようとしなかった。『待て』って言われた忠犬みたいに」

当時史生と哲治は中学生、直隆は高校生で、おやつなんて律儀に分け合う年でもなかったのに、海里は皆が帰ってくるまでじっとドーナッツを睨んで待っていた。食べたい気持ちが強過ぎたのか、夕暮れが迫って室内が暗くなっているのも気づかぬ様子で。

その日はたまたま直隆と史生、さらに哲治も帰りが一緒になって、家に着いたら海里がドーナッツを乗せたちゃぶ台の前で正座をしていたので驚いたものだ。

「全部お前が食べてよかったんだぞ」と口を揃える兄たちを見上げ、でも、と海里は唇をへの字に結んだ。

「あのときカイ君、『皆一緒がいい』って言ったんですよね。本当は独り占めしたいくらいドーナッツ好きなくせに、『兄ちゃんもフミちゃんも一緒に食べようよ』って」

可愛かったなぁ、と史生は目を細める。直隆も同じ情景を思い出したのか目尻が下がった。

昔話に花を咲かせながらしばらく車を走らせると、件のドーナッツショップが見えてきた。すでに閉店近い時間だがイートインは大学生風の若者で一杯だ。レジの前にも列ができている。駐車場はあるが数台しか車が停められず、今は満車の状態だった。

「僕、ちょっと行ってきます。買えたら携帯に連絡しますから、適当にその辺を流しててください」

ごめん、と申し訳なさそうに眉を下げる直隆に手を振って車を降りる。店に入ってレジ前の列に並び、プレーンドーナッツとチョコドーナッツ、季節限定の桜ドーナッツを数個ずつ買って持ち帰り用の箱に詰めてもらった。

店を出て、すっかり交通量が少なくなった通りに目を向けると、店から少し離れた場所に直隆の車が路駐されていた。大きな車なのでやはり目立つ。

小走りに車へ近づいて助手席側から車内を覗き込んだ史生だったが、運転席にいる直隆を見てノブに伸ばしかけた手を止めた。

直隆は携帯電話で通話中だった。それ自体は珍しいことでもなんでもないのだが、表情がやけに険しくてドアを開けるのを躊躇する。

直隆は眉根を寄せ、溜息をついたのか肩を大きく上下させている。前髪を掻き上げる仕草は気だるげで、同時に妙に色っぽくてどきりとした。

一体誰と話をしているのだろうと思っていたら、ようやく直隆が史生に気づいた。口早に何か言って電話を切った直隆に手招きされ、史生はそろそろとドアを開けた。

「あの、電話……よかったんですか？　仕事の連絡とかじゃ？」

「大丈夫、本社からだ。急ぎの内容じゃないよ」

未だに本社から連絡があるのか。そういえば、以前海里も直隆が本社の人間と電話で話をしていたと言っていた。『私のことは忘れてください』などと、社内の人間に言うには若干不自然な言葉を口走っていたというが、今の電話も同じ相手からだろうか。

（不倫……とかカイ君は言ってたけど、まさかな……？）

もしも直隆が本社の人間と不倫をしていたら、ノートの差出人は直隆という可能性も出てくる。だが、不倫はともかく直隆が女装をするだろうか。同性愛者ということもないだろう。史生の告白をあんなにもあっさりと断ったのだから。

（だとすると哲治……っていうのも考えにくいなぁ。前にショッピングモールで女性の服を見

てたときはどきっとしたけど）

あのとき買ったスカートはちゃんと美優に渡せただろうか。そんなことを考えていたら、横から直隆が史生の手元を覗き込んできた。

急に直隆の顔が近づいて、史生は大げさなくらい肩を跳ね上げる。それを見た直隆は少し驚いた顔をして、困ったような表情で体を引いた。

「随分たくさん買ってきたみたいだけど、後で支払うよ」

「いえ、そんな、お気になさらず……」

俯き気味に答えながら、史生は頭を抱えたくなった。自分でも過剰に反応してしまったと思う。こちらばかり直隆のことを意識しているようで気恥ずかしい。

再び車が動き出す。しばらく互いに言葉もなく走り続け、そろそろ自宅が近づいてきたところで直隆が口を開いた。

「――声をかけたの、迷惑だったかな」

前触れのない言葉に反応が遅れた。いつの話をしているのかと思ったら、先読みしたように「俺がこっちに帰ってきた日」と言い足される。

「久々に会ったとき、『げっ』て顔をされたから」

「えっ！　そ、そんな顔してました!?」

「うん、今にも逃げ出しそうな顔してた」

そこは否定できない。直隆が地元に帰ってくると聞いてから、できれば顔を合わせたくないと思っていたのは事実だ。

なんと答えるべきか迷ったものの、下手に嘘をついてもこじれそうだ。腹を決め、史生は過去の恥を笑い話にするつもりで無理やり口角を引き上げた。

「それは、まあ、ちょっと気まずかったのもありましたから。だって僕、直隆さんが東京に行く前に、その、告白みたいなことしてたので」

うん、と直隆が相槌を打つ。声音は柔らかく、気まずそうに史生の言葉を遮る様子もない。それに背中を押され、史生はしっかりと前を向いて続けた。

「自分でも妙なこと言っちゃったな、と思ったんです。でも直隆さんが上京した後、すぐにわかりました。直隆さんの言う通り、あれは単なる勘違いだったんだって。家族みたいに一緒にいた人がいなくなってしまうのが淋しかっただけなんです。とはいえ、さすがに変でしたよね。だからちょっと、恥ずかしくて」

喋っているうちに家が見えてきた。家に着いたら強制的に話題が終了になると思えばこそ口が軽くなる。

「未だにきまり悪く思ってるところはあります。でも、こうして直隆さんも戻ってきましたし、そのうち妙に意識することもなくなると思いますから」

昔の話ですよ、と口にすると同時に史生の家の前で車が止まった。

礼を言って降りようとしたら、車内に直隆の静かな声が響いた。

「本当に、もう俺のことは好きじゃない？」

外灯の光も届かない車の中、直隆が首を巡らせてこちらを向いた。その顔に茶化すような表情はない。ただまっすぐに史生を見ている。

史生は直隆がどんな答えを望んでいるのかわからず無言で瞬きをする。駄目押しのようにこんなことを尋ねて、史生の恋心は確かに潰えたのだと確認したいのだろうか。

好きじゃないです、と答えようとした。

そもそも自分はゲイではない。直隆の他に同性を好きになったこともない。だからといって異性に心惹かれたこともないのだが、他の男性と一緒にいて胸がときめくことはなかった。

高校生の頃、直隆に告白をしたのはただの気の迷いだ。もうあの気持ちは欠片も残っていない。そう言いたいのに、声が出ない。好きじゃないと言おうとすると心臓が捻じ曲がるようで息が詰まる。まるで不当な力で本音を曲げられてでもいるように。

黙りこくっていると、直隆が運転席から片手を伸ばしてきた。

指先が近づく。その手が温かいことを史生は知っている。幼い頃からずっと触れてきた手だ。

その手に触れられたら、固まっていた口が緩んで本心が溢れてしまいそうで怖い。

そう思っている時点で本心を隠しているのだと思い至って身を引いた。直隆は一瞬だけ動きを止めたものの、さらに手を伸ばして史生の髪に触れる。

「……ゴミがついてたよ」

直隆が指先でつまんだのは糸くずだ。ジムで着替えたときについたのかもしれない。

身を固くする史生を見て、直隆は優しく目元を和らげた。

「大丈夫、わかってるよ」

そういう意味で好きなわけではないのだろうと確認するような笑みだった。

そうです、その通りですと笑顔で頷ければよかったのに、史生は上手く表情を作ることができない。ただぎこちなく会釈をして車を降りる。

玄関に向かって歩き出すとすぐに車が発進した。史生は振り返らず玄関の鍵を開け、家の中に入った瞬間ずるずるとその場にしゃがみ込む。

別れる直前、直隆が自分に手を伸ばしてきた光景を思い出し、時間差で心臓が暴れ出した。

もう好きではないはずなのに、ただ視線がこちらに向くだけで、大きな手を差し伸べられるだけで、こんなにも苦しくなってしまうのはなぜだろう。

わからなくて、史生は両手で顔を覆った。


史生(ふみお)の自宅ポストに再びノートが投函されたのは、直隆(なおたか)とジムに行った翌日の月曜日だった。

前回ノートを受け取ってから丸一週間。相手が自分との交換日記を望んでいるのならそのうちまた届くだろうと思っていたので、さほどの衝撃もなくノートをポストから取り出す。

自室に戻ってノートを開けば、今回も海里の拙い筆跡で文字がつづられていた。ペンも前回と同じく黒に近い紺色で、薄くなったり濃くなったり、独特のグラデーションがついている。

挨拶もなく、前回の史生のコメントに対する返事もなく、唐突に始まる文章は今回も短かった。

『どうして好きなことを好きにやっちゃいけないんだろう。人とちがうことはやっちゃいけないの？　かくしておかないとダメ？　かくして好きだと思うこともいけない？』

子供っぽく歪んだ文字を目で辿り、史生はペンを手に取った。

今だけは、この文章を書いたのが誰か考えることをやめ、真摯に言葉と向かい合う。

相手の言う、『好きなこと』とはなんだろう。女装か、同性との恋愛か、それとも不倫か。ペンを手にしたまま頬杖をつき、しばらく考えてからノートにペンを走らせた。

『駄目なことはないんじゃないかな。周りはいろいろ言うだろうけど、僕はいいと思う。難癖つけてくる相手は、所詮君の人生の責任はとってくれないから。君が周りの声に従って、後から後悔しても誰も謝ってくれないし、助けてもくれない。気にすることないよ。好きなことは好きなままでいていい。洋服も、今度一緒に買いに行こう。周りの目が気になるなら、彼女へのプレゼントみたいな顔して一緒に選ぼう』

つらつらと文章を書き連ね、史生は難しい顔で唸る。

『ただ、不倫についてはよく考えて。相手のパートナーを苦しませるようなことは、できれば避けてほしい。不倫相手がパートナーとの仲を解消するまでは二人で会わないとか、配慮した方がいいと思うよ』

書きながら、本当は『不倫なんてしない方がいい』と書くべきなのだろうなと思った。でも書けなかった。誰かを好きだと思う気持ちに、そう簡単に蓋をすることなどできない。無理に蓋をしたってどうせ溢れてきてしまう。諦めろと言われて諦められるくらいなら、端から他人に相談など持ち掛けるはずもないのだ。

『好きなことは好きなままでいいと思う。それを周りに伝えるかどうかは別として、好きだと思うことは悪いことじゃないよ。それに、自分の気持ちを自分で否定するのは苦しいから』

そこまで書いてペンを止める。

窓の外に目を向け、春先の薄青い空をしばらく眺めてからノートに目を移した。自分の書いた文章を読んで、そうだよなぁ、と自分で思う。

自分の気持ちを認められないのは苦しいことだ。感情もまた自分の一部だから、無いもののように扱うと自分の一部が悲しがって泣き、悔しがって怒る。それで胸の中がもやもやして、結果自分自身がとても苦しい。

史生が直隆の側にいると苦しくなるのも、きっとそれが原因だ。

ゲイだと周りから後ろ指をさされるのが怖くて、直隆に避けられるのに怯えて、直隆への恋心をなかったことにしようとして苦しんでいる。自分の感情を否定するなど、土台無理な話なのに。

そうだよな、と今度は口に出して呟く。人に語り掛けているつもりで、自分自身の相談に乗ってしまった気分だ。

もう一度窓の外へと目を向け、潮時かな、と史生は思う。

「勘違いだ」と言われた日からずっとこの気持ちは勘違いだと思い込もうとしてきたが、もうやめよう。やっぱり当時の自分は直隆のことが好きだったし、今だって恋心は消えていない。

認めたら、少し呼吸が楽になった。だからといって直隆に振り向いてもらえる可能性は万にひとつもないのだが、長らく胸の底に押し込めていた本心を解放してやれただけで気持ちが楽になった。

史生はノートの最後に『素直が一番だよ』と書く。長年本音から目を背けてきた自分が言うことではないなと思ったが、今は実感を伴ってそう書けた。

認めたら、今度は諦めるだけだ。何年も見て見ぬふりをしてきた想いをようやく認めたばかりなのですぐには難しいだろうが、ゆっくりと時間をかけて消化しよう。

自分でも驚くほど穏やかな心境でそう思い、史生はそっとノートを閉じた。

シフトの関係で珍しく休みになった金曜日、史生は哲治の勤める美容院に向かった。

店は史生の家から自転車を漕いで二十分ほどの国道沿いにある。店がある一角は、美容院の他にも飲食店や病院などが並んでいて賑やかだ。

国道に面した店はレンガ造りで、三角屋根のついた玄関ポーチや、白い木枠の窓は異国の童話に出てきそうな雰囲気だ。店内も待合スペースに飾り暖炉があったり、鏡の周りに緑の蔦を這わせた赤レンガが埋め込まれていたりと、なかなか凝った造りになっている。

建物の脇には駐車場もあり、大概何台か車が止まっている。史生は免許を持っていないので、自転車を駐車場の隅に置いて店に入った。

店の扉を開けると、入り口の待合スペースに置かれたモスグリーンのソファーに数人の女性たちが腰かけ順番を待っていた。平日だというのに今日も盛況のようだ。

史生に気づいたのか、すぐに店の奥から哲治が出てくる。私服も黒が多い哲治だが、店の制服も黒シャツと黒ズボンなので全身真っ黒だ。

哲治は史生から手荷物を受け取ると、「悪い、ちょっと予約時間より遅れるかもしれん」と耳打ちしてきた。気心知れた仲なので、いいよ、と気楽に頷いてソファーで順番を待つ。

史生の番が回ってきたのは予約時間より三十分ほど遅れてからだ。指名していた哲治に呼ばれて髪を切ってもらう。シャンプーとカットだけなのでものの一時間もかからない。

全て終えて会計に向かうと、レジ前に待機していた哲治が苦々しげな顔で頭を下げてきた。

「悪い、今日は時間がずれこんじまって」

「いいよ、そんなに待ってないから」

「店長が飛び込みの客をバンバン入れるから順番狂いがちなんだよ」

哲治はしかめっ面で店長に悪態をつく。こんな態度でありながら哲治は店長にひどく気に入られており、本物の父と息子のように遠慮のない言い合いをする仲だ。

スタッフ同士も仲が良く、商店街の出し物にも率先して参加するアットホームな店である。去年のハロウィンは店長を筆頭にスタッフ全員で仮装をして商店街を練り歩いていた。哲治は赤毛につけ鼻をつけた魔女の格好をさせられていたはずだ。そのときの憮然とした顔を思い出し、史生は笑いを嚙み殺す。

何笑ってんだ、と哲治に睨まれ、口元を緩めたまま首を横に振った。

「また次の予約もしていきたいんだけど、いい？」

哲治はすぐにバインダーに挟まれた予約表を取り出し、いつがいい？　と尋ねてくる。

哲治が美容師になってから、史生は足しげく店に通って哲治を指名している。就職したばかりの頃、指名がつかないと哲治が苦しんでいたその名残だ。

「来月の第二火曜にしようかな。お店も休みだし」

「お前、毎月来てくれるのは有り難いけど無理すんなよ？」

「してないよ。接客業だから身だしなみに気をつけてるだけ。哲治こそ毎回割引券くれなくてもいいからね？」

「いいんだよ。本当は割引券なんてなくても身内割引してやりたいくらいだ」

バインダーを開き、哲治は胸ポケットから銀のボールペンを取り出す。店の名前が印字されたペンだ。

来月の予約表にペン先を走らせた哲治が、急に怖い顔になって舌打ちした。

「どうしたの、ペンでも切れた？」

「いや、インクの出が悪いんだ。店長がケチって安いボールペン発注したから、インク詰まりばっかり起こすんだよ、これ」

何度かペンを動かすと、ようやくペン先からインクが出た。線の最初は色が薄く、途中で滲みが出るほど濃くなり、ようやく調子を取り戻したように一定のインク量になる。黒に近い紺色の文字をぼんやり眺めていると、哲治が勢いよくバインダーを閉じた。続けて深々とした溜息をつくので、どうしたの、と声をかける。

「あー……、家に携帯忘れたんだ。今日、仕事終わりに美優と会う約束してたからちょっと気になって」

「家から持ってきてあげようか？」

「いや、いい。美優が夕方この店に来ることになってるから、全然問題はないんだ」

でも気になるのだろう。わかる気がする。史生も自宅に携帯電話を忘れた日はそわそわする。

家に帰って真っ先に着信を確認しても、大抵どこからも連絡は入っていないのだが。

「ま、なんとでもなるだろ。それじゃ、また次回もお待ちしております」

会計を終え、史生を外に送り出すため店の扉を開けた哲治は、店員らしい口調になって史生に頭を下げる。史生も礼を言って外に出た。

外は大分暗くなり、西の空に茜と紺のグラデーションがかかっていた。見事な夕暮れ空に見惚れながら駐車場に向かった史生は、駐車場の隅で店の壁に寄りかかるようにして立つ人影に気づいて足を止めた。

肩先で髪を切り揃えて俯く背の高い女性は見覚えがあった。美優のようだ。

見知った顔を前にして素通りすることもできず、声をかけると相手がぱっとこちらを見た。史生を見て二、三度瞬きをし、ようやく以前会ったことを思い出したのだろう。驚き顔でこちらにやって来た。

「史生さん、ですよね？　お店に来てたんですか？」

「はい、哲治に切ってもらいにきたんです」

店の方を振り返りながら答えると、なぜか美優の表情が強張った。

「……哲治、お店に出てるんですよね？」

「ええ、出てますけど」

どうかしましたか、と尋ねようとすると、美優が思い詰めた顔で胸元を握りしめた。よく見ると、その手に携帯電話を握りしめている。

「朝から哲治に連絡してるんですけど、全然返事がないんです。いつもだったら忙しくても休憩時間には連絡くれるのに……」

「あ、それなら哲治、今日は携帯忘れたらしいですよ」

美優が弾かれたように顔を上げる。そんなに驚くことだろうかと思いつつ、史生はつけ加えた。

「今日、哲治と会う約束してるんですよね？　だから哲治もちょっと心配してましたけど」

「そ……う、なんですか……？　あ、なんだ、そうなんですか」

なんだ、と美優は繰り返す。ほっとした、というよりは呆然とした顔で。なんだ、ともう一度呟くや、見る間に目の縁に涙が盛り上がってぎょっとした。

「えっ！　ど、どう、どうしました⁉」

急に美優が俯いて泣き出したので、史生は動転して声を大きくする。その傍らを店から出てきたと思しき客が通り過ぎ、いかにも不審げな視線を史生たちに向けてきた。別に自分が泣かせたわけではない、と思うのだが、状況がわからないので弁解もできない。

美優は必死で涙を拭い、ごめんなさい、と小声で呟く。

「そうですよね、普通に考えたら携帯忘れたとか、そういう話ですよね。私本当に、なんか変な思い込みばっかりで、不安になってばかりで」

「ど、どうしたんですか。哲治と喧嘩でもしたんですか？」

「喧嘩じゃないんです。ただ、私が勝手に……」

軽く唇を噛み、美優は自分を落ち着かせるように深呼吸をする。まだ涙目のまま史生を見ると、意を決したような顔になって史生に詰め寄って来た。

「史生さん、哲治の隣に住んでるんですよね？　哲治、私以外の女の子とつき合ってる様子とかありませんか？」

思いがけない質問に驚いて、史生は勢いよく首を横に振った。

「哲治は浮気とかするタイプじゃないですよ」

「でも、哲治、私以外の女の人に、貢いでるみたいなんです」

「み、貢ぐ？」

他人に媚びたがらない哲治には不似合いな言葉が飛び出して、史生は詳細を尋ねた。

美優がそれに気づいたのはつい先週のことらしい。ひとり暮らしをしている美優の部屋に遊びに来た哲治が、財布を忘れて帰っていった。すぐに気づいて哲治に連絡を入れ、財布を持って家を出ようとしたとき手元が狂い、財布を床に落としてしまった。二つ折りの財布はレシートでぱんぱんで、落とした拍子に数枚のレシートがこぼれ落ちた。その中に、なぜか女性服店のレシートが混ざっていたのだそうだ。

「結構高いスカートとかワンピースのレシートで……そんなの誰に買ったのかと思って」

「あ、それなら、美優さんにプレゼントするつもりだったんじゃないですか？」

以前ショッピングモールで哲治がそんな計画をしていたことを思い出して言ってみたが、美優は暗い表情で首を横に振る。

「レシートの日付、去年の十一月とか、十二月とかでした。私にくれるつもりなら、とっくにプレゼントされてると思いませんか」

今はもう四月も後半。年末に買った服なら冬物だろうし、未だに手渡さないのは確かに不自然だ。美優が浮気を疑うのも無理からぬことだが、史生の頭を過ったのは別の考えだった。

（もしかしてその服、誰かにプレゼントしたんじゃなくて哲治が着てるんじゃ……？）

ポストにノートを投函していたのは哲治なのか。だがそうなると、哲治は同性愛者ということになる。ならば美優とつき合うわけがない。それとも美優は世間的な隠れ蓑で、本当は別に好きな相手がいるのだろうか。その相手と不倫をしていると？

（まさか！　哲治に限ってそんな不誠実なことするわけない！）

胸に浮かんだ疑惑を振り切り、史生は美優の肩をしっかりと摑んだ。

「洋服は、何か理由があって買ったんだと思います。お店で使ったのかもしれない。この店、スタッフ総出のイベントが多いんです。去年はハロウィンで仮装パーティーとかしてたし」

美優は緩慢に顔を上げ、まだ目元に涙を残したまま頷く。

「……してましたね。哲治、魔女の格好してた」

「本人凄く嫌そうでしたけどね。ああいう服、スタッフが用意してるんですよ。レシートの服も、哲治がスタッフ用に買ったのかもしれません」

急ごしらえの仮説だったが、多少は信憑性があったらしい。わずかだが美優の表情が柔らかくなった。

「そうだったら、いいんですけど……。勝手にお財布の中を見るような真似をしてしまったので、本人に訊くこともできなくて」

「大丈夫です、少なくとも僕は哲治を信じてます」

美優に言い聞かせるというより、自分自身がそう信じたくて声を高くすると、背後で砂利を踏む音がした。また店から誰か出てきたのだろうか。さすがに大騒ぎし過ぎたかと慌てて口を閉じた史生は、振り返って目を丸くした。駐車場の入り口に立っていたのが直隆だったからだ。

さすがに声が出なかった。ここ最近の直隆との遭遇率の高さはなんだ。行く先々で顔を合わせている気がする。

直隆もまたひどく驚いた顔をしていたが、薄暗い駐車場に史生だけでなく美優もいると気がつくや、その顔から一瞬で表情が抜け落ちた。

美優は慌てて目元を拭うと、そっと史生に耳打ちをした。

「史生さん、相談に乗ってくれてありがとうございます。私も哲治のこと信じてみます。服のことも、そのうち本人に聞いてみますね」

ようやく涙も止まったのか唇に淡い笑みを含ませた美優は、駐車場の入り口にいた直隆にも一礼してその場を去っていった。

美優がいなくなると、今度は直隆がゆっくりとこちらにやって来た。珍しく無表情で、何を思っているのかよくわからない。史生もどこから事情を説明すればいいのかわからず、曖昧な笑みを浮かべて直隆を見上げた。

「珍しいところで会いますね、直隆さん。お仕事中ですか?」

スーツを着た直隆は、うん、と頷いて史生の前で足を止めた。

「国道沿いの診療所を片っ端から回ってたんだ」

「相変わらず大変ですね。お疲れ様です。でも、どうして哲治の店に?」

「ちょっと哲治に用があって。店に入ろうとしたら、駐車場の方で君の声がしたから」

能面のようだった直隆の顔が変化する。口元に薄く笑みが乗った。

「やっぱり、さっきの娘が君の彼女? 俺はお邪魔だったかな」

「いえ、そういうわけでは」

「隠さなくていいよ。お似合いじゃないか」

直隆が微笑む。それは欠けも歪みもない美しい笑顔で、史生はこの場から逃げ出したくなった。

彼女がいることを直隆に喜ばれている。そう思うとつらかった。直隆の他に好きな人なんて

いないのに。未だに直隆に恋心を抱いていることは、この先も一生本人に伝えられない。

無理に笑おうとして口元が引きつる。隠すように俯くと、また誰かが駐車場にやって来た。美優が戻ってきたのか、それとも客か。しかし現れたのはどちらでもなく、哲治だった。

「あれ、フミと……兄貴？」

哲治はまずフミを見て素っ頓狂な声を上げ、次いで直隆に気づくとわかりやすく表情を険しくした。

「駐車場でカップルが諍いしてるってお客さんが教えてくれたから来てみたら、お前らだったのか」

「あ、違う、さっきまでここに美優さんがいたんだ。その……携帯を忘れてきたから、連絡がつかなくて心配したみたいで」

直隆の耳を気にして、誰が、という部分をぼかして伝えたが、哲治はすぐにピンと来たらしい。サンキュ、と唇の動きだけで史生に礼を言って、今度は直隆に向き直った。

「で、兄貴はなんでここに？」

わかりやすく尖った声を出す哲治を見て、直隆は困ったような顔で笑う。

「この近くの病院を回ってたんだけど、ちょっと時間調整しなくちゃいけなくなった。ちょうどこの店が見えたから、一度顔を出しておこうと思って」

「なんのために」

「店長さんから声をかけられてる。カットモデルになってほしいって。聞いてないか？」

哲治が目を丸くする。この表情を見る限り、そんな話は聞いていなかったようだ。店長の独断で直隆に声をかけたらしい。

「お前が切ってくれるなら引き受けようと思って」

「俺は切らないぞ」

直隆の言葉を遮って、哲治は強い口調で言う。史生も驚くほどに語気が荒かった。

哲治は苦々し気な顔で直隆に背を向ける。

「なんで兄貴の髪なんか。今更こっぱずかしいだろ」

「……そうだな、少し照れくさいか」

「店長には俺から断っておくから、兄貴は帰ってくれ」

それだけ言い置いて、哲治は大股で店に戻ってしまった。

一方的な哲治の言い草に史生は啞然とした顔を隠せない。しかしその顔にはすぐに憤りが浮かんで、哲治を追いかけ店へと足が向いた。後ろから直隆に肩を摑まれなければ、そのまま店に飛び込んでいたかもしれない。

「史生君、どこ行くんだ」

「哲治のところです。あの態度はさすがにひどいですよ、店長に声をかけられて、わざわざ直隆さんがここまで来てくれたのに。子供じゃあるまいし、あんな……」

史生の剣幕に目を瞬かせ、直隆はおかしそうに笑った。

「君が怒ることじゃないだろう。それに、急に店に来た俺も悪い」

「別に直隆さんは悪いことなんてしてません。哲治がおかしいんですよ、最近妙に苛々して」

「俺のために怒ってくれるのは嬉しいけど、少し落ち着いてくれ」

そう言われてしまうと史生も口をつぐまざるを得ない。それでも釈然としない様子の史生を見て、直隆は弱り顔を浮かべる。

「哲治との仲がぎくしゃくしてるのは今に始まったことじゃない。でも、俺が東京に行ってる間に悪化したみたいだな」

「……直隆さんが上京する前から、あんな感じだったんですか？」

そんなふうには見えなかった、と言おうとしたが、思えば哲治とは高校が別々で、史生自身あまり哲治と顔を合わせる機会がなかった。知らぬ間に二人の仲に亀裂が入っていたのかもしれない。

「何か、あったんですか……？」

恐る恐る尋ねると、直隆は目を伏せて少し黙った。昔のことでも思い出しているのか、眉間に浅く皺が寄る。

「俺の振る舞いが悪かったんだ。それで哲治に煙たがられた。今ならその理由もわかるけれど、当時は見当もつかなかった。反抗期かな、くらいに思ってたんだが……」

直隆は店の入り口を振り返り、目の奥に痛みでも感じたように目を眇めた。

「……俺は帰ってこない方がよかったかな」

国道を走る車の音が、直隆の声を吹きさらう。こんなに近くにいるのにともすれば聞き逃してしまうほど小さな声は、これまでの直隆のイメージとは不釣り合いなほど弱々しかった。驚いて、史生はとっさに直隆の腕を摑んでしまう。

「どうしてそんなこと言うんです。僕は嬉しいですよ、直隆さんが帰ってきて」

直隆は史生を振り返り、本当？　と問いたげに眉を上げた。君だって数年ぶりに再会したときは顔を引きつらせたじゃないかと、その表情が物語っているようだ。

ここで嘘をついたりごまかしたりしては駄目だと、史生は本音を口にする。

「最初はびっくりしました。最後の別れ方があれだったので、ちょっと戸惑ったのも本当です。でも、今は嬉しいですよ。また一緒にジム行きましょう、コーチしてください」

嘘ではないからにっこり笑えた。恋心をひた隠すのは苦しいが、好きな人の側にいられるのはやっぱり嬉しい。

史生の素直な笑顔に驚いたのか直隆は軽く目を瞬かせ、一拍置いてその言葉を吞み込んだ様子で、少し照れくさそうに、ありがとう、と笑った。

「今日はカイ君からジムに行こうって誘われてるんです。直隆さんも良かったら来てくださいね。カイ君のバイトが終わってからなので、一緒の時間になるかもしれませんし」

「じゃあ、俺も仕事帰りに少し寄ってみようかな。時間が合うかわからないけど」

会えるといいですね、と史生は笑う。

声の端に滲んだ慕情は、多分直隆には伝わらなかっただろう。

直隆は弟たちに向けるのと同じ親しげな笑みを浮かべ、そうだね、と頷いただけだった。

バイト帰りの海里とジムで待ち合わせをしていた史生は、ジムのロビーに到着するや早速海里の姿を見つけた。受付カウンターでスタッフと話をしているようだ。相手は美波らしい。お互い砕けた笑顔で何事かお喋りしている。

後ろから声をかけると二人揃ってこちらを向く。しかも同時に「フミちゃん」と声をかけられて脱力した。ここでも「フミちゃん」扱いなのか。

さすがに美波は表情を改め、失礼しました、と頭を下げる。

「海里君がいつもそう呼んでいるので、つい」

「構いませんよ、慣れてます。それより美波さん、カイ君と仲がいいんですね」

「そうだよ！　美波さんとはたまに飲みに行ったりもするんだ」

横から海里が口を挟んでくる。ジムのインストラクターと利用者がプライベートな時間まで一緒に過ごすなんて珍しいとは思ったが、性別年齢にかかわらず誰とでもすぐ友達になってしまう海里のことだ。相手の立場に関係なくあっという間に懐いてしまったのだろう。

いったん美波に別れを告げ、更衣室で着替えてトレーニングルームへ向かう。

トレーニングルームを見回した海里は、少しがっかりしたような顔をした。

「今日は晴海ちゃんいないや」

「そんなに頻繁にここで会うの？」

「うん、あの人趣味が筋トレだから。晴海ちゃんに補助してもらうとはかどるんだけどな」

海里は本当に残念そうな顔をしている。恋焦がれる相手に会えなくて淋しいというよりは、友達がいなくてつまらないと言いたげな顔だが、実際のところはどうだろう。

（結局あのノートは誰が書いてるんだろう）

女性服を買い込んでいたという哲治か。夜の神社で晴海と抱き合っていた海里か。はたまた本社の上司との不倫疑惑がうっすら浮上した直隆か。

「そういえば、晴海さんって結婚してるの？」

マシンの調整をしている海里の背中に尋ねると、してるよ、という返事があった。

「写真見せてもらったことあるけど、可愛い奥さんだった」

もしも海里が晴海とつき合っているのなら不倫ということになる。だがまだ確信を持つには弱い。どちらかというと哲治の方が可能性はありそうな気もする。

（直隆さん……は、やっぱりなさそうだよなぁ）

上司と電話をしていただけで不倫と考えるのはさすがに無理があるというものだ。

史生はもう一度トレーニングルーム内を見回してみる。夕方にジムへ来るよう誘ってみたが、直隆の姿はどこにもない。

結局史生たちがトレーニングを終えるまで直隆が現れることはなく、海里と一緒にシャワーを浴びてジムを出た。

駅に向かって歩き始めると、少しも行かぬうちに海里が足を止めた。

「あっ、ロッカーに携帯置いてきた！」

史生は海里を振り返って苦笑を漏らす。

「今日、哲治も家に携帯忘れたって言ってたよ？」

「マジかぁ。フミちゃん、悪いけど先に行っててくれる？　すぐ追いかけるから」

「わかった。先に駅についたら近くのコンビニにでも入ってるから」

「全力で追いかける！　あ、これ持っていって、走ると暑くなるから」

言うが早いか、海里はトレードマークと言ってもいい真っ赤なスカジャンを脱いで史生に手渡す。史生はそれを羽織り、のんびりと夜道を歩き出した。

駅からジムまでは歩いて十分ほどかかる。時刻は夜の九時を過ぎ、アパートの多い住宅地は人通りも少なく静かなものだ。

海里が追いつきやすいように普段よりゆっくり歩いていると、後方から車が近づいてくる音がした。

史生は道の端に寄る。すぐに抜かされるだろうと思いきや、なぜか背後の車が減速した。この辺りで止まるのかと思ったがエンジン音は続いている。道に迷っているのだろうか。ゆっくり歩く史生を追い越さないくらいの低速運転だ。

しばらく歩いて、ふと史生は違和感を覚えた。後ろから車がついてきているはずなのに、行く手をヘッドライトが照らしていない。無灯火で走っているということか。さすがに不審に思い振り向いた瞬間、背後にいた車が急にライトをつけた。しかもハイビームだ。

史生が振り返るのを待ってライトをつけたとしか思えないタイミングだった。眩しくて運転席に座る人物の顔は見えない。気味が悪くなって、史生は車に背を向けると足早に夜道を歩き始めた。すぐに車もついてくる。今度はライトをつけたままで、史生が走ると車も速度を上げた。振り切りたくて細い道に入ってみるがまだついてくる。

（つけられてる……？　なんで⁉）

何度角を曲がっても車はしつこく追いかけてくる。こんなことなら下手に横道に入らず、駅までの最短ルートを走り抜ければよかった。挙句史生はこの辺りの土地勘があまりない。進むにつれて方向感覚が失われ、駅に向かっているのかも定かでない。心臓が不安定なリズムを刻み、ようやく見知った道に戻ったときは心底ほっとした。

ここをもう少し進んで角を曲がればすぐに人通りの多い道に出る。史生が全速力で走り出すと、車も一気にスピードを上げた。

後ろを振り返りながら角を曲がる。明かりの多い大通りはすぐそこだ。たくさんの車が行き来する音も聞こえてくる。気が緩んで前方への注意が疎かになった。顔を前に戻すよりも先に、角の向こうから歩いてきた人と正面から激突する。

勢いがつき過ぎて体が後ろにぐらついた。謝罪の言葉を口にするより先に前から腕が伸びてきて、尻餅をつきかけた史生の体を引き戻す。

「史生君?」

名前を呼ばれてはっと顔を上げる。史生の腕を掴んでいたのは直隆だ。

仕事帰りと思しきスーツ姿で、今からジムに行くところなのかもしれない。肩で息をする史生を見て、どうした、と眉根を寄せる。

「へ、変な車に、追いかけられてて……!」

答える間に背後からエンジン音が近づいてきた。身を固くした史生を見て、直隆は素早く史生の手首を掴む。

「走ろう、すぐ大通りに出る。ここじゃまだ人目が少なくて危ない」

言葉の下から直隆が走り出した。とんでもない速さで、前につんのめりそうになりながら史生も必死でついていく。程なく大通りに出て、直隆が急に史生の方を振り返った。掴んだままだった史生の手を強く引いて自身の背後にかばう。

車はハイビームのまま、二人の横を猛スピードで走り抜けていった。後ろからつけられているときは車種を確認することもできなかったが、黒の乗用車だった。

まだ激しい鼓動は鎮まらなかったが、ひとまず史生は直隆の背後で息をついた。大通りには他の車や通行人もいるし、何より目の前には直隆がいる。ようやく人心地ついた気分だ。

「史生君、今の車は？　何かトラブルでもあった？　一応ナンバーは覚えたけど」

「あ、いえ、なんか、急に夜道で追いかけられて……」

とっさにナンバーを確認する直隆の機転に感心しつつ史生は答える。無灯火の車につけ回されて恐ろしかったとつけ加えると、直隆がまじまじと史生を見詰めてきた。

「……そのジャンパーは、海里の？」

「あ、はい。ジムの前でカイ君から預かって……」

史生の言葉が終わらぬうちに、背後から軽やかな足音が響いてきた。振り返れば、夜道を海里が走ってくる。

「おーい、フミちゃん……と、直隆兄ちゃん？」

思いがけぬ人物を見て驚いたのか、海里が慌てて足を止める。

直隆は青ざめる史生と、きょとんとした顔の海里を交互に見て、いつになく重々しい口調で切り出した。

「海里、たった今史生君が、夜道で妙な車につけられたそうだ」

「えっ、フミちゃんが？」

「史生君を狙ったようだけれど、道は暗かったし、車は無灯火だったらしい。多分、史生君の顔を見てターゲットにしたわけじゃないだろう」

直隆の視線が史生の着るジャンパーに向く。真っ赤なスカジャンの背中には派手な鳳凰が刺繍されていて、薄暗い夜道でも十分目を引くと思われた。

直隆の言わんとしていることを察して史生は息を呑む。まさかと思ったが、直隆は厳しい表情を崩さない。

「海里、誰かにつけ回されるような覚えはないか？」

問いかけられた瞬間、さっと海里の顔が強張った。いつも無邪気な笑顔を浮かべている顔から一切の表情が抜け落ちて、長年一緒にいたのに初めて見る顔に史生は戸惑う。

海里はまっすぐ直隆の顔を見返して口を開く。出てきたのは、直隆以上に低い声だ。

「……フミちゃんは俺と勘違いされて追いかけられたってこと？」

「可能性はある。こんな派手なジャンパー、この辺じゃあまり見かけない。目印にされても不思議じゃないだろう。他人から恨みを買った記憶はないか？」

直隆の声は厳しくて、史生は慌てて二人の間に割って入った。

「あの、でも、別にカイ君個人を狙ったわけじゃなくて、単に派手な格好をしていたから目をつけられただけかもしれないじゃないですか！」

史生の必死な様子を見て、直隆は喉元まで出ていた言葉をぐっと呑み込むような仕草をした。

代わりに溜息を吐いて前髪を掻(か)き上げ、改めて海里と向かい合う。

「たまたま目をつけられただけならいいんだ。俺の思い違いならそれに越したことはない。でも海里、もし何かあったのならすぐ言ってくれ。相談に乗る」

海里は直隆をちらりと見たものの、すぐに目を逸(そ)らして返事をしない。なおも直隆が言い募ろうとすると、それを遮るように背を向けた。

「兄ちゃん、これからジム行くんでしょ？　フミちゃんは俺が送ってくから、行っていいよ」

まるで直隆を追い払うような言い草だ。こら、と窘(たしな)めようとしたが、直隆に目顔で止められ、無言で頷かれる。自分の代わりに海里の話を聞いてやってくれと言わんばかりに。

「じゃあ、俺はジムに行くから」

直隆がそう言ったときも、海里は背後を振り返ろうとしなかった。


駅に向かう途中も、電車に乗ってからも、乗り換えたバスを降りてからも海里は無言だった。史生もまた考え事に忙しく口数が少なくなる。

もしもあの不審車が史生と海里を間違えて追いかけてきたとしたら、海里は何者かに夜道で追われるような状況に陥っているということになる。だが、どこへ行っても年下キャラとして愛されている海里が誰かの恨みを買うとは考えにくい。

しかし万が一海里が不倫などしていたらどうだろう。不倫ということはつき合っている相手に配偶者がいるわけで、その相手に恨まれても不思議ではない。

ノートを書いたのは哲治ではなく、海里なのか。

考え込んでいたら、前を行く海里がふいに口を開いた。

「さっきさぁ、直隆兄ちゃんマジで怒ってたよね?」

急に声をかけられ、史生の足取りがもつれた。慌てて海里の隣に並び、目線より高いところにある顔を見上げる。

「怒ってたというより、心配してたんだと思うよ。もしかしたらあのとき車で追いかけられてたのはカイ君だったかもしれないんだから」

海里は俯き気味に歩いていたが、思い切ったように顔を上げて言った。

「兄ちゃん、車に追っかけられたのは俺に原因があるって言いたげだったよね」

言われてみれば、直隆の口調は少しばかり断定的だったような気もした。まさかと思い、史生は海里の半歩前に出る。

「もしかして、本当に誰かとトラブルでも起こしてるの? 思い当たる節があるとか?」

海里は横目でちらりと史生を見て、うー、と喉の奥で低く唸った。

「ない……と思う。でもよくわかんない。また同じことがあったら、もっとちゃんと考えるけど……」

海里の言い回しはひどく曖昧だ。何かごまかしているのかとも思ったが横顔に後ろめたさは感じられず、むしろ気落ちした表情だ。

「それよりさ、直隆兄ちゃんって俺のことどう思ってんのかなぁ」

ふいに話の矛先が変わって史生はぽかんとする。何を心配しているのかよくわからないが、もうそろそろ自宅に着いてしまう。ここはじっくり話を聞くべきかと、自宅近くの公園に海里を誘った。

史生の誘いに乗った海里は、ベンチに腰を下ろすなり両手で顔を覆ってしまった。

「もしかして俺、夜道で追い回してくるようなガラの悪い連中とつき合ってると思われてる？　頭悪過ぎてヤンキーになったとか思われてたらどうしよう……」

「いやまさか、そういうわけじゃないと思うけど」

「俺、直隆兄ちゃんの目が怖いんだよね。怖くて見返せない」

「直隆さんの目が？　あんなに優しいのに」

「それはフミちゃんがちゃんとしてるからだよ。俺と哲治兄ちゃんは昔から叱られてばっかりだったもん。ちゃんとしなさい、どうしてやらないんだって」

史生とて言うほどきちんとしてはいないが、所詮は隣の家の子だ。実の兄弟でもないのだから口調が柔らかくなるのは当然だろう。史生がそう諭してみても、海里は頑是ない子供のように首を横に振ってしまう。

「俺、子供のときから何やっても上手くいかなかったし、今も同じように思われてると思うと怖いんだ。まだ進路も決まってないし、大学の成績もぎりぎりで留年の危機だし。母さんも直隆兄ちゃんがこっちに戻って来た途端、俺のこと全部兄ちゃんに喋っちゃうんだよ。そんな状況なのにジムなんか通って、何してるんだって苛々してるんじゃないかな……」

「考え過ぎだよ」

「違うよ、本当に俺に呆れてるんだ。この前だって俺の部屋に入ってきてさ、何かお説教されるのかと思ったら、冬虫夏草の標本写真見るなり何も言わずに出ていくし……。いい年してまだ昆虫採集してるのかって呆れたんだよ、絶対」

「違うと思うけどなぁ……」

　実際直隆が冬虫夏草の標本写真を見て何を思ったかは知らないが、海里が直隆に対して強い引け目のようなものを感じているのはわかった。

　海里は膝の上で両手を組んで、いじけたようにくるくると親指を回し始める。

「俺、直隆兄ちゃんみたいに頭よくないし、だからって哲治兄ちゃんみたいに手先が器用だったりセンスがあるわけでもないし、何したらいいかわかんないんだよね。本当は大学にいくかどうかも迷ったんだけど、直隆兄ちゃんが『何をしたいのかわからないならなおさらのこと学歴はあったほうがいい』って進学を勧めてくれて……。兄ちゃん、俺の入学金まで出してくれたんだ」

「えぇっ！　いいお兄ちゃんじゃん、なのにあんな態度とったの？」

直隆に声をかけられても振り返らなかった海里の態度を指摘すると、だって、と泣きそうな顔を向けられてしまった。

「入学金まで出してもらったのに俺、留年の危機なんだよ！　その上バイト先で合コンしてるし、趣味でジムなんか通ってるし、冬虫夏草に夢中だし、何やってんだよって思われて当然じゃん！　でも生活って急に変えられないでしょ⁉　その上兄ちゃん突然帰ってくるんだもん！　髪も染めたばっかりだったし、取り繕う暇もなかった！　合わせる顔なんてない！」

海里はわっと両手で顔を覆ってしまう。史生はその姿を見守ることしかできない。直隆に対する後ろめたさゆえによそよそしくなってしまう気持ちもわからないではなかった。

「せっかく兄ちゃんに大学行くよう後押ししてもらったのに、勉強よりジムと冬虫夏草採集の方が楽しいなんて言えない……」

「まあ……でも、大学生なんて皆そんなものだよ。直隆さんに感謝してるなら、もう少し優しく接してあげたらどうかな。直隆さん、カイ君たちが冷たいって淋しがってたよ？」

「嘘だぁ！　あんな超人に限って淋しがったりするわけない！」

海里は聞く耳を持たないが、実際に史生は見ている。哲治に邪険に扱われ、「帰ってこない方がよかったかな」と心細い声で呟く直隆の姿を。

この三兄弟がこじれていることは薄々察していたが、想像以上だったなと思いながら悲嘆に暮れる海里を慰める。ベンチから海里を立ち上がらせるまでには相当の時間を有し、おかげで家に辿り着く頃には、海里が他人から恨みを買っている自覚があるのかどうか、本人から聞き出すことなどすっかり頭から抜け落ちていたのだった。

学生の頃は月曜日が嫌いだった。明日から学校だ、と思うと日曜の夜から気が重くなった。就職してからはむしろ土日に休むことの方が少なくなって、月曜に対して身構える気持ちなど忘れていたのだが、久々にあの感覚を思い出した。

月曜の朝、史生は物々しい面持ちで自宅ポストの前で仁王立ちになる。覚悟を決めてポストの中を覗き込み、やっぱり、と息を吐いた。

ポストの中には朝刊と一緒に、最早見慣れた大学ノートが入っていた。

（これで三回目だ）

どうやら交換日記の相手は毎週月曜日にノートを投函すると決めたらしい。いつものように朝食を済ませてからポストへ向かった史生は、眠る初子（はつこ）を起こさぬよう足音を忍ばせて階段を上り、自室でノートを広げた。

見開いたページの左側に並ぶのは、独特のグラデーションがかかった紺色の拙い文字だ。

今回も前置き抜きで文章は始まる。

『フミちゃん、オレの好きな人だれだか知ってる？』

急に探りを入れるような一文を提示されてどきりとした。これまではこちらの反応など気にした様子もなく好き勝手書き散らかしている印象だったのに。

文章はさらに続く。幼い子供の筆跡で、言葉選びもたどたどしく。

『オレの好きな人が、オレを好きになってくれたらいいと思う。でもむずかしいから、あきらめたほうがいいかな。それともがんばっていい？　フミちゃんはどうしてダメって言わないの？』

筆跡のせいか、頭の中で読み上げる文章はいつも海里の幼い声を伴って、その無垢な響きにひとり唸る。あの頃の海里から一心に見詰められている気分になると、どうしても適当なことを書けなくなってしまうのだ。

史生はペンを取り出すと、考え考え返事を書いた。

『君の好きな人が誰かは知らないけど、苦しい恋をしてるのはわかるよ。どうして駄目って言わないのかは、僕も好きな人がいて、その人のことを諦めることができないからだと思う。自分ができないことを、他人にやれとは言えないからね』

ペンを動かしながら、この文章を読むのは一体誰だろう、と改めて思う。三兄弟の誰に読まれても照れくさいが、相手だってこんな質問をよこしてきているのだし、お互い様かと肩の力を抜いた。

『好きな気持ちは諦めたくても諦められないから厄介だよね。周りの迷惑にならなければ、無理して諦めなくてもいいんじゃないかな。でも、話がこじれて危ない目に遭っているなら行動を改めた方がいいと思う』

頭に二つの光景が浮かぶ。美容院の駐車場で泣きじゃくっていた美優の姿と、夜道で史生をつけ回してきた黒い車だ。

哲治が日記の相手なら美優を泣かせるようなことはしてくれるなと思うし、海里がそうなら危ない目に遭わないよう注意してほしかった。

史生は少し考えてからこう書き加える。

『本当は、こんなノートじゃなく直接相談してほしい。照れくさいかもしれないけど大事な話だから。もう何年も一緒にいるんだから今更でしょう？　カイ君かな、それとも哲治？』

ふと思いついて、史生は悪戯心で文末をこう締めくくった。

『まさか直隆さんじゃないですよね？』

直隆だけはないだろうなと思いながらもノートを閉じる。海里か哲治に向けた冗談だ。

とはいえいい加減相手に名乗りを上げてほしいのも本当だ。相手が判明しないことには史生も具体的なアドバイスができない。

史生は大きく肩を回すと、ノートを持って部屋を出た。

家を出て、生島家の門の前に立ち自転車置き場を眺める。生島家はガレージの他に、トタン屋根を張っただけの自転車置き場があって、そこには哲治のバイクや海里の自転車が置かれている。見たところ今日はバイクも自転車もない。二人とも出かけているようだ。

月曜なので直隆と翠も当然出勤だ。家には祖母の妙しかいないはずで、見つかったとしても幾らでも言い訳は利く。史生は足取りも軽く門を抜けて裏庭に向かった。

金木犀の木にくくりつけられた古い巣箱の蓋を開け、中にノートを入れて「よし」と腰に両手を当てたら、頭上でがらりと窓の開く音がした。

「あれ、史生君？」

突如名を呼ばれてびくっと体が跳ねた。あたふたと顔を上げると、二階の窓から直隆が顔を覗かせている。長年家を空けていたので忘れかけていたが、裏庭に面した二階の部屋は直隆の私室だ。

「な、直隆さん、どうして、し、仕事は……!?」

「今日は有休をとったんだ。月に一日は消化しないと年度末に溜まって大変らしいから」

史生はその場で頭を抱えてうずくまりたくなる。月曜だから直隆はいないだろうと決めつけず、きちんとガレージまで確認すべきだった。

「史生君こそ、そんなところで何を？」

直隆は窓から身を乗り出して小首を傾げる。

「ひぇ!?　ぼっ、僕は、僕はですね……！」

史生は忙しなく視線を走らせ、庭の隅にある水道に目を留めた。

「お、おばあちゃんに頼まれて、庭の水やりに来ました！」

とっさの嘘だったが、直隆は訝しむ様子もなく「なんだ」と眉を上げた。

「祖母ちゃんも俺に言ってくれたらよかったのに」

「い、いいんです！　いつもやってるので！」

「そうなのか。じゃあ、終わったら上がっておいで。お茶でも淹れてあげるから」

直隆は疑いもせず言って部屋の中に身を戻す。

窓が閉まるや、史生は深々と息を吐いた。すぐにばれそうな嘘ではあるが、とりあえず急場はしのいだ。後でせんべいの袋でも持って、妙に口裏を合わせてもらうよう頼まなければ。

まずは口から出た嘘を真実にするために、水道の脇に束ねられていたホースを手に取り庭木に水をやり始めた。手早く作業を終えるとホースを片づけ、恐る恐る玄関へと回る。

引き戸の開く音を聞きつけて、茶の間から直隆が顔を出した。

「どうぞ、上がって。コーヒー？　紅茶？　それとも緑茶がいいかな」

「こ、紅茶で……」

了解、と笑って直隆が奥に引っ込む。史生も靴を脱いで茶の間に上がった。以前は掘りゴタツにコタツ布団がかかったままになっていたが、さすがに布団はしまったようだ。座卓の下に足を落として待っていると、直隆が紅茶を持って戻ってきた。菓子器も一緒だ。

「あ、あの、お構いなく、すぐ帰りますから」

「そう言わずに。祖母ちゃんは朝から老人会に行ってるんだ。せめて俺がお礼をしないと」

せんべいやチョコレート、クッキーがどっさりと詰め込まれた木製の菓子器を座卓に置き、直隆はにっこりと笑う。今更嘘とは言い出しにくい。

後ろめたい気分で紅茶を飲んでいると、座卓に置かれていた直隆の携帯電話が低く震えた。電話のようだ。

「ちょっとごめん」と言い置いて直隆が廊下に出る。襖一枚隔てた向こうで直隆がよそ行きの声を出した。会社の人間だろうか。口調もかしこまっている。

聞くつもりはなくとも、この距離では耳が会話を拾ってしまう。相手の言葉はわからなくとも、直隆が少し困惑しているのはわかった。

ふいに長めの沈黙が落ちた。電話の相手が長々と何か喋っているのかもしれない。相槌も打たず黙って耳を傾けていた直隆が、電話の向こうに伝わらぬよう押し殺した溜息をつく。

「……私のことは忘れてください。もう貴方のもとには戻れません」

菓子器に伸ばしかけていた手が止まった。思わず襖を凝視する。

会社の上司というより、年上の元恋人を宥めてでもいるような言葉に耳を疑った。会社の人間に対してそんな言い回しをするだろうか。少なくとも史生はしない。

（そういえばカイ君も前に言ってたな……。直隆さんが本社の上司と話してる様子が不倫してるみたいだとかなんとか……）

「……ええ、申し訳ありませんが。これからは、今貴方の側にいる人を大切にしてください」

(待って、本当に別れた不倫相手と話してるみたいに聞こえるけど⁉)

不倫。交換日記をしている相手も不倫をしていると言っていた。

いやまさか。たったこれしきのことでノートの差出人が直隆だと思うのは早計だ。

考え込んでいたら襖が開いて直隆が部屋に戻ってきた。菓子器に手を伸ばしたまま硬直している史生を見て、「遠慮しなくていいのに」と笑う。

今更手を引っ込めるのも間が抜けていて、史生は個包装されたクッキーを手に取る。ちらりと横目で窺えば、向かいに座る直隆は心なしか疲れた顔をしているように見えた。

「……今の、会社からですか?」

直隆はティーカップに手を伸ばし、そうだ、と頷く。

「本社からだ。元上司が未だに連絡をしてくる」

「元上司、ですか。そうですか……。その、それだけ、ですよね……?」

ひどく下手くそに探りを入れる史生を見て、直隆は悪戯っぽく目を細める。

「何か特別な関係があるように聞こえた?」

「い、いやぁ、僕は上司のこと、『貴方』とか呼んだりしないので」

「なるほどね? 前の職場だとそんなに珍しいことでもなかったんだけど」

そうなのか、さすが東京、と妙な感動を覚えていると、直隆が苦笑交じりに紅茶を口に含んだ。

「元上司からは本社に戻ってくるよう言われてる。こっちに来てからもずっと」

思わぬ言葉にクッキーの袋を開ける力加減を間違えて、袋は破れなかったが中でクッキーが割れる音がした。

「え、そ、そうなんですか？」

「こっちに来るときも散々引き止められた。……貸してごらん」

両手を握りしめてクッキーを粉砕しそうになっている史生を見かねたのか、直隆が史生の手からひょいとクッキーの袋を取り上げる。

「一年で成果が出せなければ本社に帰ってくるようにも言われてる」

「成果というと……？」

「毎年四月、各支社で成績優秀者が発表されるんだ。来年の春、俺もそこに名を連ねていなければ本社に強制送還ってことだな。でも元上司は来年の春が待ちきれないらしい」

直隆はすんなりとクッキーの袋を開け、どうぞ、と史生に手渡してくる。

史生はぽかんとした顔でクッキーを受け取る。なんだか思っていた展開と違った。

本社から支社にやって来た直隆のことを、史生含めた地元の人間は『左遷』あるいは『降格』という目で見ていた。本社での仕事が振るわなかったから支社に飛ばされたのだろうと。

しかし直隆の話を聞く限り、本社でも直隆の仕事ぶりは優秀だったようだ。電話で上司に戻ってこいと切々と訴えられるくらいには。

「だったら、直隆さんがこっちに戻って来たのは直隆さん自身の希望だったんですか？　元は購買部だったんですよね。営業部に部署異動したのも直隆さんが望んで……？」

直隆は自分も菓子器に手を伸ばし、指先で菓子を掻き分けながら頷く。

「うちの会社にはジョブチェンジチャレンジって制度があって、希望すれば他部署に異動することができるんだ。今回はそれを使ったんだけど、上司には強く引き止められた。営業よりも購買向きだって。それでも食い下がったら一年で成果を出せなんて条件をつけられた」

「単に営業に部署異動するだけだったら本社で続けることもできましたよね。それはしなかったんですか？」

「そうだね、どちらかと言うとこちらに戻ってくるのが目的だったから」

ようやく菓子器の中から目当ての菓子を見つけたのか、直隆が嬉しそうに目を細める。海苔の巻かれた細長いせんべいだ。子供のような笑顔に目を奪われて一瞬言葉を理解し損ねた。

「本社から支社へは新人が行くことが多い。今回も営業部の新人がこっちの支社に来ることになって、だったら俺がって名乗りを上げたんだ。そのためにジョブチェンジしたと言っても過言ではないかな」

キャンディのように左右を捻じった包装紙を開き、直隆は口の中にせんべいを放り込む。皺になったセロファンの包装紙を綺麗に伸ばす仕草は学生時代と変わらず、幾許かの懐かしさも感じたがそれどころではない。

「……それだと、こっちに戻ってくるために営業部に異動したように聞こえるんですけど」

「まあ、半分くらいはそれが理由だな」

そんな理由が半分も占めているのかと史生は仰け反る。

直隆はおかしそうに笑って、四つ折りにした包装紙を座卓の隅に寄せた。

「営業の仕事に興味があったのも本当だ。エンドユーザーの顔を直接見てみたいって気持ちもあった。支社では実際に医療機器を使っている患者さんの家を訪ねることもあるから、その点ではやりたいことがやれてると思う。これまでとは全然毛色の違う仕事だから難しい部分もあるけど、まあ、来年の春にはどうにかなるんじゃないか」

「……支社の成績優秀者になるあてがあるんですか？」

「そうだな……、ショッピングモールの近くの病院をどうにかできれば、とは思う」

以前直隆と遭遇したショッピングモールの側には、病床数が五百を越える大規模病院がある。医療機器を扱う企業なら真っ先に目をつけそうなものだが、なぜか直隆が配属された支社ではあまり営業をかけていなかったらしい。

「うちで扱っているのは在宅患者さんが使うちょっと特殊な医療機器で、病院の人間でもその方面に明るい人は限られてる。まずはそのキーパーソンを探すのが先決だけれど、院内のスタッフが多過ぎてそこまで漕ぎつけてなかったらしい。だからとりあえず今は人脈作りをしてるところだな。在宅医療に興味を持ってくれるドクターと話をしたり、ナースや事務の人たちにも積極的に声をかけたりするようにしてる」

「結構地道ですね……」

どうにか人脈をつないでいっても、上手く院内のキーパーソンに当たるかどうかはほとんど賭けだ。しかし直隆は焦る様子もなくさらりと言う。

「どうにかするさ。どうにもならなくても、どうにかなるまで努力すればいい」

はぁ、と史生は感嘆の息を吐く。

類まれな美貌とスマートな物腰だけで相手の態度を三割ぐらい軟化させられそうな直隆だが、それに加えて泥臭い努力を惜しまないのだから恐れ入る。

こういう努力は人目につきにくく、地元にいた頃から直隆はいつも超人扱いだった。努力しなくとも何事か成し得る人。特に海里や哲治は本気でそう思っている節がある。

来年の春、直隆が支社の成績優秀者として表彰される姿も容易に目に浮かんだが、それでも史生は尋ねてみる。

「もしも成果が出なければ、また東京に戻っちゃうんですか?」

「一応そういう約束だからね。来年まで元上司が俺にこだわってるかはわからないけど」

そうですか、と呟いて手元のクッキーに目を落とすと、直隆がからかうような口調で言った。

「俺がいなくなったら淋しい?」

どきりとしたものの、史生は何も言わずクッキーを一口かじる。

直隆への恋心をなかったことにしようと躍起になっていた頃ならば、即座に「子供じゃあるまいし」と笑ってごまかしただろう。本心に踏み込まれるのが怖かったからだ。

けれど今はもう、隠すべき部分と明かしてもいい部分をきちんと理解している。口の中でほろほろと崩れていくクッキーを飲み込んで、史生は小さく笑った。

「淋しいですね。せっかく帰ってきてくれたのにまた行ってしまうのは、淋しいです」

直隆が軽く目を瞠る。想定した反応と違ったのかもしれない。

史生は両手でクッキーを持ったまま、逆にこちらから質問する。

「直隆さんは淋しくなかったんですか？　地元から離れて、急にひとり暮らしになって」

母と祖母と弟たちの五人家族で賑やかに暮らしていたのに、馴染みのない東京にたったひとりで放り出されたのだ。心細くなかったはずもない。

新幹線で一時間。在来線で三時間。近いようで遠い東京で、直隆はどう過ごしてきたのだろう。仕事で忙しくて遊ぶ暇もなく、自由にどこかへ行きたいと車を買ったと聞いたが。

もしかすると真新しい車で、直隆は地元に帰ってきたかったのかもしれない。

「ひょっとして、ひとり暮らしが淋しくなって無理やりこっちに戻ってきたんですか？」

上司の制止を振り切ってまで支社に異動してきた理由がずっとわからなかったのだが、そういうことなら納得がいく。

直隆はますます大きく目を見開いて、心底驚いた顔で言った。

「俺に限って、そんな理由で？」

もっともな言い分だ。そんな理由で地元に帰ってきたなんて、直隆を知る人が聞けば笑い飛ばして終わりだろう。彼に限ってそれはない、と全員から一蹴されるのは目に見えている。

けれど史生は知っている。直隆は高校生になってもあまり自室にこもらなかった。試験直前を除けば、勉強は弟たちや史生のいる居間でやっていた記憶がある。大学生の頃もそうだ。年末に皆が居間でテレビを見ている横で、難しそうな卒業論文など書いていたではないか。

当時の情景を思い出し、史生は懐かしく目を細めた。

「貴方みたいにひとりでなんでもできちゃう人に限って、淋しがり屋だったりするんですよ」

直隆が虚を衝かれたような顔をする。しばらく唖然とした表情で黙り込み、ようやく史生の言葉を咀嚼したのか、目元にくしゃりと笑い皺を寄せた。

「俺に向かってそんなことを言うのは君だけだよ」

「そうですか？　昔からあんまり自分の部屋に行きたがらなかったですよね。テレビのチャンネル争いには全然参加しないくせに、誰より長く居間にいたイメージありますよ」

海里や哲治はテレビを見たいがために居間に居座っていたが、直隆はテレビにほとんど目もくれなかった。欲しかったのは、賑やかな人の気配だったのだろう。

直隆は改めて史生の顔を見て、参ったとばかり片手を上げた。

「弟たちより、君の方がよく俺を見てる気がするな」

そうでしょう、と史生は満面の笑みを浮かべる。だてに長年片想いをしていない。

直隆はティーカップを手に取ると、紅茶を一口飲んで溜息をついた。

「ひとり暮らしは性に合わないと思って帰ってきたんだが……、今度は哲治が家を出ていきそうなんだ。もしかすると、海里も一緒に」

二口目のクッキーを口に入れた史生は、思いがけない言葉に驚いて舌を噛む。

「二人から何も聞いてない？」

とっさに首を横に振りかけたが、以前哲治がそんなことを言っていた気もして動きを止めた。

直隆がこの先も実家にいるつもりなら自分は出ていく、と。あのときは話半分に聞いていたが本気だったのか。しかも海里も一緒なんて。

「やっぱり、俺のせいかな」

史生は何も言えずに瞬きを返す。タイミングを考えればそうだとしか思えないが、本人を前にして頷くこともできない。言葉を失う史生を見て、直隆は唇の端で笑った。

「気を遣わなくてもいい。あの二人に煙たがられるのも仕方ない」

「思い当たる節でもあるんですか……？」

まあね、と直隆は肩を竦める。

「家にいたときは弟たちに厳しくし過ぎたと思う。うちは父がいないし、母も仕事で忙しかったから、勝手に自分が親代わりだって肩肘張って、やれ宿題をしろだの片づけろだの、果ては将来のこともきちんと考えろなんて言って、鬱陶しがられることばかりした」

「でもそれは、二人のことを考えてですよね」

「考えてた、つもりだった。でもどうだろう。地元で上手くいき過ぎて、優越感に浸っていただけかもしれない。弟たちに対して、どうしてこれくらいのことができないんだと思ったことも、正直ある」

直隆の口調はゆっくりとして、真摯に本音を言葉にしようとしているのが伝わってくる。

当時のことを語る直隆の横顔を、薄く後悔の影が覆った。

「でも東京に行って、ひとりになって、自分のふがいなさを痛感した。この体たらくでよく弟たちに説教なんてできたものだと恥ずかしくなったくらいだ」

「な、何かあったんですか？」

とんでもない挫折でも味わったのかと身を乗り出せば、直隆はためらうように口を閉ざし、でもすぐに苦笑で唇を緩めた。

「大したことじゃない。ただ、淋しかったんだ。君が送ってくれるカリン酒を見て泣きそうになるくらいには」

史生はひとつ瞬きをして、次の瞬間勢いよく体を後ろに引いた。

「えっ！　カ、カリン酒って、あの」

「毎年春先に君が送ってきてくれる、手作りの」

「し……知ってたんですか⁉」

翠には口止めをしていたはずなのに。動転する史生を見て、直隆は喉の奥で低く笑う。

「荷物が届いたって実家に連絡したとき、電話に祖母ちゃんが出たからカリン酒の話をしたら、史生君が送ってるんだって教えてくれた」

ああ、と史生は片手で顔を覆う。妙までは口止めの手が回っていなかった。

「母さんはいつも保存の利く食料品を送ってくれて、それはそれで有り難かったけど、体を労わる物が入ってるのを見ると心配されているようで嬉しかった。温湿布なんかも史生君が送ってくれたんだろ？　地元の温泉の入浴剤とか。懐かしくてまた泣きそうになった」

自分の送ったものはほとんど直隆にばれていたらしい。気恥ずかしく思うと同時に、地元の入浴剤など見て泣きそうになっていたという直隆に驚いた。

「そんなにつらかったなら、もっと頻繁に帰ってきたらよかったじゃないですか……？」

年末年始やお盆など、まとまった休みがとれるときに帰省すれば淋しさも紛れただろうに、直隆は上京してからほとんど地元に戻ってこなかった。

不思議に思って尋ねると、直隆は憂い顔になって宙に視線を滑らせる。

「家族には言ってないが、本当に追い詰められていたときは心身ともにバランスを崩してたんだ。顔を見られたら東京で上手くいってないことが一発でばれそうで、帰れなかった。皆俺がアルサトの本社に入社したことを喜んでくれて、壮行会まで開いてくれたのに、情けない姿なんて見せられない」

どこともつかぬ場所に視線を漂わせ、直隆は表情乏しく呟く。その空疎な横顔に、東京のア

パートで暮らす直隆の姿を垣間見た気がした。

「何より、哲治や海里にがっかりされたくなかった。兄貴ぶって散々偉そうなことを言ってお

いて、いざ東京に出たら使い物にならなかったなんて幻滅されたくなかったんだ」

直隆の顔にまたゆっくりと表情が戻って、口元に自嘲めいた笑みが浮く。

「でもこうして戻ってきたら二人からは距離を開けられるし、前みたいに口も利いてもらえな

い。すっかり嫌われてしまったな……」

「そ……っ、そんなことないですよ！」

直隆の疲弊しきった顔を見ていられず、史生は声を張り上げる。

「二人とも久々に直隆さんに会ったから、まだ慣れてなくて照れてるだけです！」

「こちらに戻ってきてからそろそろ一ヶ月だぞ」

「ち、ちょっと会話のタイミングが合わなかっただけかもしれないじゃないですか！」

「話しかけても、返事をしてもらえることの方が珍しいよ」

「実のお兄ちゃんですよ！　嫌うわけありません！」

「俺が戻って来ると同時にこの家を出て行こうとしてるのに？」

さすがにフォローが続かない。言葉を詰まらせた史生を見て、直隆は声を立てて笑った。

「ごめん、史生君を困らせたかったわけじゃない。慰めてくれたのに悪かった」

笑いながら菓子器に手を伸ばす直隆は、もうすっかり普段の調子を取り戻しているように見える。けれどひどく気落ちした表情を見てしまった後では空元気にしか見えなかった。

「どちらにしろ、一年で結果を出さなければまた本社に戻ることになるようだし、せめて君だけでも無事ここに残れるように応援してくれ。頑張れとでも言ってくれると嬉しいな」

せんべいの袋を手に取って直隆がそんなことを言うので、史生も「わかりました」と姿勢を正した。直隆が包装紙を開くのを待って口を開ける。

「頑張り過ぎないでください」

緩い笑みを浮かべていた直隆の顔から、再び表情が抜け落ちた。無防備なその顔を見上げて史生は続ける。

「頑張り過ぎて、疲れ果ててしまわないでください。直隆さんなら、八割くらいの力でやってもきちんと結果が出ますよ。肩の力を抜いてください」

直隆が口を開く。けれど言葉が出てこなかったようで、静かに息を漏らす音だけが室内に響いた。張り詰めた風船から空気が抜けるように肩が下がる。

自分でも体に力が入っていたことに気づいたのかもしれない。直隆は自身の肩先に目をやり、眉を下げて笑った。

「君には敵わないな」

溜息交じりの声にはやはり疲労の色が濃く、史生はひそかに心を定める。

これは少々、海里と哲治から話を聞く必要がありそうだ。

直隆と話をした翌日、史生は哲治と海里を自宅に呼び出した。

携帯電話から、ビールとちょっとしたつまみを用意したとメッセージを送ると、二人はなんの警戒心もなく史生の家までやって来た。

居間の座卓には実際ビールと数品のつまみを用意していたが、揃ってやって来た二人は史生の顔を見るなり早々に及び腰になった。

「フミちゃん、なんか怒ってる……?」

「怒ってないけど、ちょっと二人から話は聞きたい」

座卓の向かいに肩を並べて座った二人を交互に見て、史生は口火を切った。

「家を出るって本当?」

哲治が口の中で舌打ちをして、テーブルの上の缶ビールに手を伸ばす。

「兄貴から何を聞いたか知らんが、そろそろ出てもいい頃かもなってお袋に話しただけだぞ」

「まさか直隆さんが帰ってきたからじゃないよね?」

「だったらなんだよ？」

哲治はプルトップを引き上げると、喉を反らしてビールを呷った。完全に不貞腐れた表情だが、史生が静かな声で「哲治」と呼ぶと肩先が震え、渋々といった顔で座卓にビールを戻した。隣では海里も肩をすぼめている。普段大人しい人間ほど怒ると怖いことを、二人とも身をもって知っているのだ。

史生は溜息をつくと、自分もビールのプルトップを引き上げて一気に酒を呷った。

「二人とも、直隆さんに対する態度が悪過ぎる。話しかけてもろくに返事もしないって、反抗期の子供じゃないんだから」

だって、と海里が弱々しい声で反駁する。海里からはすでに複雑な胸の内を聞いているからいいとして、問題は哲治だ。

「哲治は本当にどういうつもりなの。小学生の時、クラスでひとりだけクロールできなくて、夏中市民プールに通って直隆さんにクロール教えてもらったのを忘れたの？　高校受験のときだって、就活で忙しい直隆さんにつきっきりで勉強教えてもらったのに。直隆さんが帰ってきた途端に家を出るなんて当てつけみたいじゃないか」

哲治は眉間に深い皺を刻むと、喉の奥で低く唸ってビールをラッパ飲みにした。

「あっ！　酔ってうやむやにする気だ！」

「違ぇよ！　兄貴の話なんか素面でできるか！」

無茶なペースで早々と一本目を空にして、哲治は二本目のビールを開ける。

「フミにはわかんねぇよ。どんだけ近くにいたって所詮フミは弟じゃねぇんだ。そりゃ俺だって友達の兄ちゃんがあのスペックだったら羨ましいし懐いただろうよ。でもあれが実の兄貴だとどうなると思う」

ごくごくと喉を鳴らしてビールを飲み、哲治は乱暴な手つきで口元を拭った。

「比較されるんだよ！　親戚だの友達だの近所の連中だのに！　あんな超人と比較される凡人の身にもなってくれ！」

「そうは言っても、四六時中比較されるわけでもないし」

「だから！　お前は！　弟じゃないっつーんだよ！　箸の上げ下ろしから後ろ姿まで兄貴と比較されるんだぞ！　なんだよ兄貴の方が後ろ姿に品があるって！　知ったことか！」

そうだよ、と海里も身を乗り出す。

「俺だって、小学校のときも中学校のときも先生たちに『直隆君の弟だね』って言われた。それで直隆兄ちゃんと比較されて、ちょっとがっかりした顔されるんだ。せめて哲治兄ちゃんと比べてくれたらいいのに」

「そうだよ！　……いや、その通りだがそれは俺に対してちょっと失礼だぞ、海里」

哲治と海里の間にまで不穏な空気が漂いかけ、史生は二人の間にだし巻き卵とポテトサラダ、揚げたての唐揚げを押し出した。初子直伝の料理を前にすると、二人はつまらぬ言い合いなど

クストラNo.1スイーツ
PERO
SAPP
生

放り出して箸を取る。

口一杯に頬張っただし巻き卵を飲み下すと、哲治はまた勢いよくビールを飲む。酒に強い方ではないのですでに顔が赤いがどこ吹く風だ。

「兄貴と比較されたくなくて俺は美容師になったんだ。なまじ兄貴の後なんて追いかけてみろ。上手くいったらいったで『さすが直隆君の弟』って言われるし、失敗したら今度は『直隆君の弟なのにどうして』って言われんだぞ。どっちにしろ地獄だ」

「ええ？　哲治兄ちゃんそんな理由で美容師になったの？」

ポテトサラダを頬張っていた海里は目を丸くする。史生も初耳だ。

「こっちの業界じゃさすがに兄貴と比較されることもないし、兄貴も東京に行ってほっとしてたのに、まさか今更……」

「比較されて嫌な気分になるのはわかるけど、だからって邪険にしていい訳じゃないよ。この前だって、せっかく直隆さんがカットモデルになってくれるって言ったのに無下にして」

史生の言葉が終わらぬうちに、哲治の手の中でベコッと音を立てて缶がひしゃげた。飲み口から溢れてきたビールもそのままに、哲治は地鳴りのような声で言う。

「兄貴をカットモデルにするなんて、絶対嫌だ。俺が切るなんてもってのほかだ」

「どうしてそこまで嫌がるのさ」

「だって想像してみろ、兄貴がカットモデルになったらどうなると思う。広報なんかに載せたらそりゃ評判になるだろ」

いいことではないかと思ったが、哲治の顔は苦々しく歪む一方だ。

「でもそれは兄貴の顔の良さが噂を呼んであって、髪を切った奴の技術は評価されないんだ。絶対言われるぞ、『直隆君はイケメンだから、どんな髪型も似合うわね』って。『直隆君がモデルになってくれたから仕上がりが三割増しによくなったね』とかな。なんで技術者の評価を兄貴の顔で補ってるみたいな言われ方しなくちゃならねぇんだよ！」

哲治はポテトサラダの隣に置かれた唐揚げにも箸を伸ばし、大きな一口でそれを頬張りくぐもった声で続ける。

「店長なんて、広報に兄貴の写真を載せたいがために、わざわざうちまで粗品持ってきたんだぞ！　俺は飴玉一個もらったことねぇっつーのに。努力が正当に評価されてる気がしねぇよ」

そうだよ、と海里も哲治に同調する。

「直隆兄ちゃんは持って生まれたものが俺たちとは違うもん。神様って不平等だよ。あの外見であのスペックって、ほんとチートだと思う」

「だよなぁ。俺たちの努力を涼しい顔で超えていきやがる」

「ていうか、直隆兄ちゃんがあくせく頑張ってるところ見たことないよねぇ」

「凡人はこんなに苦労してるのになぁ？」

気がつけば、いつの間にか海里もビールを開けて飲み始めている。管を巻き始めた二人を見て、こら、と史生は眉を吊り上げた。

「二人とも何か勘違いしてるみたいだけど、直隆さんだって努力してるんだよ」

「してるかもしれないけど、俺たちより断然少ない努力で成功するんだよ?」

「思い込みだよ。そうやって、自分の努力が足りないのを棚上げするのは良くないと思う。直隆さんは優秀だけど超人なんかじゃない。人の見てないところで必死に努力してただけだよ。あの人を超えられないのは、僕たちがあの人の努力の総量を超えられないからだ」

「それこそフミの思い込みじゃねぇのか。兄貴は生まれつき運も才能も持ってんだよ。兄貴が失敗したところなんて見たことねぇぞ」

赤ら顔でビールを口に運ぶ哲治を睨み、史生は容赦なく哲治の持つ缶の底を叩いた。衝撃で飲み口からビールが溢れて哲治の口元を汚す。

「うわっ! フミ、この……!」

「そういう、『兄貴なら当然できる』って弟たちのプレッシャーにずっと応え続けてきたんだよ、直隆さんは! おかげで体も壊したんだからね!」

さすがに驚いたのか、二人の顔つきが変わった。すかさず海里が身を乗り出してくる。

「体壊したって、いつ? 東京行ってから? どこか悪くしたの?」

「僕も詳しくは聞いてないけど、ちょっと体調を崩してたみたいだった。でも、カイ君と哲治には厳しいことばかり言ってたのに、自分が体壊して実家に戻ったら示しがつかないって、そんな理由でずっと東京から帰ってこられなかったんだよ」

　哲治も身を乗り出しかけたものの、思いとどまったようにその場に座り直す。

「あの兄貴に限って、そんな……」

「だから、そうやって皆が過信するから弱音のひとつも吐けないんじゃないか。直隆さんはそんなに体が丈夫じゃないし、メンタルだって弱いからね？」

「直隆兄ちゃんが？　嘘だぁ」

「試験前なんていつも具合悪くなってたんだよ。大学受験のときだって……」

　大学受験と聞いて、哲治と海里も思い出す出来事があったらしい。ああ、と二人して声を揃える。

「そういや、あったな。試験の前日に」

「直隆兄ちゃんなら大丈夫だろうって楽勝ムードで、前祝いとか言いながら出前のお寿司とって皆で食べたんだっけ？　本人もリラックスしてたよね」

「そうしたらフミが、いきなり兄貴のこと部屋に押し込んだんだよな」

　当時中学生だった史生は毎日生島家で夕食を食べていた。その史生が、直隆の箸が止まるかどうかというタイミングで勢いよく直隆の背中を押して自室に押し込んでしまったのだ。周りが呆気にとられる中、史生は手早く湯たんぽを用意し、事前に用意していたハーブティーを淹れ、一時間ほど直隆の部屋にこもってようやく家に帰っていったのだった。

「あれなんだったの？　兄ちゃんの部屋からフミちゃんの『寝てください！』って怒鳴り声が何度か聞こえてきたけど」

「珍しく兄貴相手にブチ切れてたよな？　何してたんだ？」

「何って……。直隆さん、どう見ても一週間くらい前からまともに眠ってなかったから」

ん？　と海里と哲治が顔を見合わせる。二人ともいい塩梅に酒が回ってきたようで、ふわふわと視線が定まらない。

「そりゃ、受験生だからな。多少睡眠時間は削るだろ？」

「多少じゃないよ。多分ほとんど眠れてなかった。不眠症に近い状態だったんじゃないかな。布団に入っても目を閉じられないって本人も言ってたし」

「え、でも、よく気づいたね？　受験前も兄ちゃん普通にしてたのに」

「全然普通じゃなかったよ。目の下真っ黒だったし、食事してるときだって、ずっとお寿司じゃなくてバランス取ろうとしてたんだよ」

「そうだったっけ……？」

二人は本気で思い出せない顔をしているが、揃ってウニとイクラの奪い合いをしていたのだから直隆の顔など見ていないのだろう。翠や妙も同じようなものだ。あの場にいた誰も、直隆が大学受験に失敗するなど欠片も案じていなかった。

しかし直隆が試験前に体調を崩しがちなことを知っていた史生は気が気でなかった。高校受験のときは直前に熱を出して寝込んでくれたので逆に体を休めることができたようだが、大学受験の際は全く眠れていなかった。

受験前日、史生に無理やりベッドに押し込まれた直隆は、天井を見詰めて言った。目を閉じるのが怖いと。

「目が覚めたら、全部忘れてしまうような気がするんだ」

真顔でそんなことを言われたが、この一年間勉強してきたことがたった一晩で記憶から抜け落ちるとでも思っているのかと説き伏せ、無理やり寝かせた。それでも直隆が眠りに落ちるまでは、ホットタオルを目の上に載せたり布団の上から背中を叩いたりと苦戦したものだ。

「二人とも、もうちょっと直隆さんに気を配ってあげなよ」

「いや、だって兄ちゃんに限って……」

「兄貴は超人だし、俺たちに何ができるわけでもないし……」

まだそんなことを言っているのかと史生は溜息をつく。

「直隆さんが優秀なのは事実だけど、超人なんかじゃなくて普通の人だよ。受験の前は不安になって眠れないし、弟たちに厳しくした分、幻滅されないように頑張ってる、普通のお兄ちゃんだよ」

哲治と海里は顔を見合わせる。信じられないと言いたげな顔をしているが、思い込みは捨ててもう少し直隆に歩み寄ってほしい。

（兄弟って、近いようで遠いんだな……）

ひとりっ子の自分にはよくわからない距離感だと、史生は溜息交じりにビールを飲んだ。

史生が海里と哲治を自宅に呼んで説教をしてから三日が経った。

この三日間、史生は三兄弟の誰とも顔を合わせなかった。隣同士とはいえそれぞれ仕事や学校があるので珍しいことではないが、その後何かしら変化があったかは気になるところだ。

少しでもいい方向に変わってくれるといいな、と思いながら仕事から帰ってきた金曜日。いつものように郵便受けの中を覗き込んだ史生は、ダイレクトメールと一緒に見慣れたノートが投函されていることに気づいて目を見開いた。

これまでは月曜日の朝に投函されていたので全く予期していなかった。今回に限ってどうしたのだろう。家に入り、初子もいないので居間でノートを開く。

ノートの冒頭を見て、史生は軽く息を呑んだ。

『東京から帰ってきたの、どう思う？　フミちゃんは本当はどう思ってる？』とある。敢えて名前を出されずとも、直隆のことであるのは明白だ。

日記の相手が他の兄弟のことについて言及してくるのは初めてだった。これまで自分のことしか語らなかった相手が、急に直隆についてつらつらと書き連ねてくる。

『このまま東京にいれば地元のみんなからヒーローあつかいだったのに。いい大学を卒業して東京の会社に就職して、めでたしめでたしでキレイに終われたのにって、思わない？　こっちに逃げてくるなんて、情けなくない？』

文章からは直隆に対する明確な嘲り（あざけ）が感じられる。

ノートの相手は、いよいよ自分の本音を隠すことをやめたらしい。

史生はノートの端を握りしめる。この挑発的な書き方から察するに、おそらく相手は哲治だ。海里がわざと哲治を思わせる文章を書いているわけでもないだろう。ノートに並ぶ文字を指でなぞって確信を持つ。黒に近い紺色の字は、ところどころ不思議なグラデーションがかかっている。この色合いには見覚えがあった。哲治の勤める美容院に行ったとき、哲治が胸に挿していたペンと同じ色だ。店長が予算をケチったがゆえにインクの出が悪く、こうしてインクにむらが出てしまう。

となると、哲治は同性愛者で不倫をしていることになる。美優の泣き顔が頭を過ったが、その追及は後にして、まずはノートに返事を書いた。

『直隆さんのこと、僕は全然情けなくないと思う。だって自分で決めて戻ってきたんだから。東京に行くのも、戻ってくるのも、決断するのには凄く勇気がいったと思うよ』

史生は相手が書いてきた文字をもう一度目で辿り、ひとつひとつにしっかり返事をした。

『東京の会社に就職して、それでめでたしめでたしなんて言ってほしくない。地元を離れた後の方がずっと長く人生は続くんだから。あの人の人生を観客みたいに眺めてそんなこと言うのは無責任だし、地元で全部完結させてその後の苦労は見せないでくれなんて、我儘だ』

気が急いていつもより字が大きくなった。手書きの文字は、言葉そのものより筆跡や筆圧がより雄弁に書き手の感情を物語る。

これまでより格段に勢いのある字で、史生は最後にこう書きつづった。

『僕だって直隆さんのこと完璧だと思ってたし、そういうところに憧れてたけど、弱ってる姿を見せてほしくないなんて思わない。理想を押しつけないで、哲治が支えてあげてよ』

相手は哲治だと確信してノートを閉じる。もし哲治でなかったとしても、次のノートで何かしらリアクションはあるだろう。

史生は返事を書き終えた勢いのまま立ち上がると、ノートを抱えて外に出た。

時刻は夜の九時。仕事熱心な生島家の面々はまだ帰っていないだろう時刻だが、一応ガレージと自転車置き場を確認する。車はない。バイクも。海里が乗っている自転車もないから、家には妙しかいないはずだ。

夜の闇がこの身を隠してくれるという気安さも手伝い、史生はほとんど足音を忍ばせることもなく裏庭に回る。いつものように巣箱にノートを押し込み、今度こそ相手が自分の名を明かしてくれることを祈って巣箱を閉じた、そのときだった。

「何してる」

突如後ろから声をかけられ、史生は誇張でなくその場に飛び上がった。あたふたと振り返ると、庭の暗がりに妙が立っている。

八十の半ばを過ぎてもなお矍鑠とした妙は、オレンジ色のハーフパンツに黒いパーカーを着ていた。とても八十半ば過ぎには見えない服装だが、全て海里のお下がりだ。

短くカットした総白髪を撫でながら、妙は目を眇めて「史生か」と呟く。さっぱりとした性格の妙は、史生のことを「フミちゃん」と呼ばない数少ない存在だ。

「う、うん。おばあちゃん、こんばんは」

「こんな時間に、盗人かと思ったぞ。何してる」

同じ質問を繰り返され、史生は忙しなく視線を揺らした。目の端を鳥の巣箱が掠め、とっさに巣箱に手を置いた。

「これ、昔直隆さんが作った巣箱だよね？　あの、うちの庭にも最近よく鳥が来て、巣箱買おうかなと思ったんだけど、もしこれ使ってなかったら、譲ってもらおうかなって思って！」

苦しい言い訳に、妙は「はん」とも「ほん」ともつかない相槌を返す。上手くごまかされてくれただろうか。ひやひやする史生を尻目に、妙も巣箱へ目を向けた。

「直隆は昔っから器用だからな。巣箱だけでなくて、鳩時計も作ったの知ってるか？」

「え、し……知らない」

「高校のとき学校で作ったんだと。鳩時計っていっても、本当に鳩が出てくるわけじゃなく鳩の絵が描いてあるだけだけどな。絵も上手いぞ。見るか？」

口振りこそぶっきらぼうだが、これで妙は孫たちを溺愛している。史生が返事をする前に踵を返して歩き出すので慌てて後を追った。

「お、おばあちゃん、あの、前に僕、裏庭に水をまきに来たんだけど」

実年齢に似合わぬ俊敏さで玄関までやって来た妙の背に声をかける。振り返らないまま、妙は「そうか」と言った。

「そりゃありがとうな、菓子でも食ってけ」

「いや、僕が勝手にやっただけだからいいんだけど、そのことで、直隆さん何か言ってた？」

喋っている間も妙はすたすたと廊下を歩いて二階に上がっていく。普段からゲートボールとママさん合唱団の筋トレで鍛えているだけあって足腰が丈夫だ。あっという間に二階に上がり、廊下を歩いて直隆の部屋の前までやってきた。

妙は史生の質問に答えようとはせず、無言で直隆の部屋のドアを開ける。孫の部屋に立ち入ることに一切の躊躇はない。この家で妙を止められる者はいないのだ。

「お、おばあちゃん、庭の水やりは……」

「直隆は庭に興味持ったことなんぞないぞ。それよりほら、あの時計だ」

部屋の入り口で立ち竦む史生の腕を引き、妙は部屋の中ほどまで来ると背後を振り返った。

部屋の扉の真横に時計がかけられている。ごくシンプルな丸時計だ。黒い文字盤に数字は書かれておらず、中央に緻密なタッチで白い鳩の絵が描かれていた。

「よかろう」

妙の声が満足げな響きを帯びる。そうだね、と頷くと、妙は鼻から大きく息を吐いて史生から手を離した。

「しばらく見てていいぞ。茶菓子の用意してやるから、後で下に来い」

言うが早いか部屋を出て、足取りも軽く階段を下りていってしまった。

直隆の部屋に取り残された史生はうろたえて辺りを見回す。妙に連れ込まれたとはいえ、勝手に他人の私室に入るのは良くない。

部屋の扉に足を向けつつ、史生は最後にもう一度壁にかかった時計を見た。

(そういえば昔からこの時計ここにあったけど、直隆さんが作ったんだ)

知らなかった。そもそも直隆が高校生になる頃には、部屋に立ち入ること自体ほとんどなかった。せいぜい試験前に頭痛や微熱に見舞われる直隆を見舞ったくらいだ。そのときだって、温かい飲み物など用意したら早々に部屋から出ていた。

直隆が上京した後も部屋はそのままだったようで、ベッドや机の配置は変わっていない。窓際の机には分厚い本が積み上げられている。営業業務や在宅医療に関する本のようだ。相変わらず勉強熱心だな、と口元をほころばせて部屋を出ようとした史生だが、ふと動きを止めた。

何か今、異質な文字を見た気がする。

振り返って再び机を見た。机の上には本の他にも茶封筒がある。すでに封は切られているが、ひどく急いででもいたのかその切り口はずたずたで、几帳面な直隆にしては珍しいなと、そんなことが少し気になった。

そのまま視線をスライドさせ、封筒の下部に印刷されていた文字を見て目を見開く。

思うより早く、ふらりと机に歩み寄っていた。

封筒の下には、『坪田探偵事務所』と印刷されていた。異質さの正体はこれか。探偵なんて日常生活ではあまり見る機会のない文字だ。宛名を確認しようと持ち上げた茶封筒はやけに軽い。不思議に思って中を覗き込むと、送り状らしき紙が一枚だけ取り残されていた。

視線を逸らすより先に、送り状に並んだ文字が目に飛び込んできた。

『浮気調査の結果を送付いたします』という文章をしっかりと読んでしまい、史生は慌てて封筒を閉じる。困惑しながら封筒を裏返せば、宛名にはしっかりと直隆の名が記されていた。

（……どうして直隆さんが、浮気調査なんて？）

まさか誰かが直隆の浮気を疑って、その調査結果を送りつけてきたのだろうか。

脳裏に『不倫』という言葉が去来したが慌てて振り払った。たとえ直隆が浮気調査を受けていたとしても、その結果がわからないことにはなんとも言いようがない。逆に直隆が誰かの浮気調査を探偵事務所に依頼した可能性もある。

おそらく封筒には調査報告書が入っていたのだろう。それさえ見られれば疑惑も晴れるのに、ざっと机の上を見回してみてもそれらしき資料は見当たらない。

周囲に視線を漂わせながら茶封筒を机に戻そうとしたら、手元が疎かになって封筒が机から落ちた。そのままベッドの下へ滑り込む。

史生は慌てて床に膝をつきベッドの下を覗き込んだ。ベッドの下には二十センチほどの隙間がある。暗がりに目を凝らすまでもなく茶封筒はすぐ見つかった。ほっとしたものの、そこにあったのは茶封筒だけではなかった。

封筒が落ちた場所より手前に、蓋つきの白い箱がひっそりと置かれていた。側面に貼られたシールには二十八・五センチと記載されていて、靴箱か、とすぐに見当をつける。サイズからして直隆のものだろう。手を伸ばし、封筒の端を摑んだところで史生ははっと目を見開いた。足のサイズの横に、『パンプス』の文字があったからだ。

がばりと身を起こせば、封筒の角が勢いよく靴箱に当たってベッドの下から箱が飛び出してきた。

ベッドから半分ほど顔を出した靴箱を見て、史生は何度も目を瞬かせた。『不倫』に続き、『女装癖』という言葉が浮かんでは消える。

（いや、ただ、ちょうどいい空箱を道具入れか何かにしているだけかもしれないし……）

中を見てみれば、案外「なぁんだ」というような他愛もない物が入っているかもしれない。

史生は恐る恐る靴箱の蓋に手をかけて、そっと中を覗き込み——すぐ閉めた。

箱に収められていたのは、見紛うことなきパンプスだった。踵の高さは五センチほどあっただろうか。色は派手な赤だ。しかも大きかった。箱の外に表示されていた通り、二十八・五センチは確実にある。

史生は箱に手を添えたまま、えっ、と小さな声を出した。出さずにはいられなかった。

これまで史生は、自宅のポストに投函されるノートの差出人を海里か哲治だと思い込んでいた。少なくとも直隆だけはないだろうと決めてかかっていたが、違うのか。

もう一度靴箱を見る。もしかすると誰かへのプレゼントかもしれないと思ったが、それにしては包装もされていないし、普段使いに買ったような雰囲気だ。

普段使い。だとしたら誰が普段履くのだ。翠も妙も足は小さい。

史生は靴箱と、膝の上に置いた茶封筒を見下ろした。

浮気調査書と、赤いパンプス。

もしかすると直隆は誰かと不倫をしていて、相手のパートナーから浮気調査をされ、動かぬ証拠を突きつけられたのかもしれない。赤いパンプスは、夜な夜なこの部屋でひとり履いていたのかもしれない。

(あれ、でも、あの日記は哲治が書いたものなんじゃ……?)

独特のグラデーションがかかった黒に近い紺色のペンは、哲治が店で使っていたのと同じ物としか思えない。どういうことだと額に手を当て、史生はひとつの可能性に思い当たる。

哲治はずっと、自分のことと偽って直隆のことをノートに書いていたのではないか。

哲治は東京から戻ってきた直隆が不倫や女装をしていることにいち早く気づいてしまったのかもしれない。しかし家族にも誰にもそれを打ち明けられず、悩んだ末にああいう形で史生にアドバイスを求めてきたのだ。それなのに事情を知らない史生が直隆の肩ばかり持つから、それで苛々して日記に直隆を悪く言うようなことを書いたのではないか。

これなら話の筋が通る。勢い立ち上がろうとした史生だが、直前で足から力が抜けた。ノートには、不倫と女装癖の他にも同性が好きだと書かれていたことを思い出したからだ。

ならば直隆の恋愛対象は同性ということになる。史生が告白したときは、同性に恋心を抱くなんて勘違いだとあっさり言い放ったのに。

直隆のあれは演技だったのだろうか。性別を理由に振られたわけではなく、単に自分が直隆の趣味に合わなかっただけか。

どちらにしろ振られた事実は変わらないが、それならもっと真摯に告白を受け止めてほしかった。はぐらかさないで振ってくれれば、史生も自分の気持ちを気の迷いだなんて思い込まずに済んだのに。

（……むしろ、僕が傷つかないように気を遣って振ってくれたのかな）

悄然（しょうぜん）と肩を落としていると、階下から妙の「史生ー、茶が冷めるぞ」という声が響いてきた。

史生は慌てて靴箱をベッドの下に戻すと、茶封筒も机の上に置いて部屋を出る。

居間では妙が緑茶と羊羹を用意してくれていた。出されたのは史生も好きな老舗の栗羊羹だったが、期せずしてノートの差出人を知ってしまった史生は上の空で、まともに羊羹を味わうこともできなかったのだった。


もうすぐ四月が終わる。

直隆が地元に戻ってきてからじきに一ヶ月だ。桜の花はすっかり散って、桜並木には青々とした葉が茂り始めた。

史生のジム通いも半月が過ぎた。海里の動向を探るために入会したジムだったが、会社帰りに体を動かすのは存外気持ちがいい。なんだかんだ週に三回以上通っているので、インストラクターの美波や晴海ともすっかり顔馴染みだ。

史生はどちらかというとウェイトトレーニングよりランニングマシーンなどの全身運動が性に合っているらしく、ジムではもっぱら走るかバイクを漕いでいる。

直隆の部屋で浮気調査書の入っていた茶封筒とパンプスを見つけてしまった翌日も、ジムに寄って一心不乱に走り続けた。

海里はほとんど毎日ジムに通っているようで、行けば大抵一緒になる。その日も海里に声をかけられ、一緒に帰ることになった。

「今日はフミちゃん、随分熱心に走ってたけどどうしたの？」

更衣室で海里に無邪気に尋ねられ、ちょっとね、と言葉を濁す。直隆の部屋で見つけたものを一時でも忘れたかったからだ、とは言えない。

「それよりカイ君、今日は晴海さんと一緒だったみたいだけど飲みに行ったりしないの？」

「うん、フミちゃんをひとりで帰すわけにはいかないからね。俺がガードしないと」

どうやら海里は、史生が夜道で不審車に追いかけられたのをまだ気にしているようだ。着替えを終えてジムを出てからも、抜け目なく周囲を警戒している。

車で追い回されてから一週間が経つが、あれ以来特に変わったことはない。今日も何事もなく駅に到着し、海里とともに電車とバスを乗り継いで自宅近くのバス停で降りた。

家に向かって歩き出してすぐ、史生の鞄の中で携帯電話が鳴った。

「……母さんからメールだ」

「え、こんな時間に？」

普段なら初子は店に立っている時間だ。何事かと心配顔を浮かべる海里に、史生は微笑んで携帯電話の画面を向ける。そこには史生の母と同年代の女性が三人、浴衣を着て手を振る姿が写っていた。

「母さん今、飲み屋街の女将さんたちと旅行に行ってるんだ。旅館に泊まってるんだって」

「へぇ、いつ帰ってくるの？」

「二泊するって言ってたから、明後日の夜かな」

「じゃあフミちゃん、家にひとりなんだ？　だったらたまにはうちに泊まりにおいでよ」

携帯電話を鞄にしまい、史生は曖昧な返事をする。

今日は土曜日だ。多分、直隆も家にいるだろう。直隆の秘密を知ってしまった今は少しだけ顔を合わせづらい。一方で早く哲治と話をしたい気持ちもある。ノートを返したのは昨日だが、哲治はもう読んでくれただろうか。

「……ちょっと、寄らせてもらおうかな」

「やったぁ！　じゃあコンビニでお酒買って帰ろうよ！」

海里にいそいそと腕を引かれ、苦笑しながらもコンビニに寄る。話しにくい内容だけに、少しくらいアルコールが入っていた方がいいかもしれない。

海里と二人でつまみとビール、酎ハイなどを買って帰路に戻る。家の近くにあるコンビニを過ぎると、あとは外灯もまばらな道が続くばかりだ。住宅街を走る道は狭く、車が二台ぎりぎりすれ違える道幅しかない。

足音が周囲にはっきりと響くほど静かな道を歩いていると、前方から男女の話し声が聞こえてきた。だが、どうも穏やかな雰囲気ではない。諍いをしているらしい。

「喧嘩かな？」

海里が夜道の向こうに首を伸ばしたところで、聞き覚えのある声が耳を打った。

「だから、違うって言ってるだろ！」

史生と海里の足が止まり、互いに顔を見合わせる。この声は、哲治だ。

二人が立ち止まっていると、前方から男女の声が近づいてきた。足音も荒く遠くの外灯の下に立ったのはやはり哲治だ。後を追いかけてくるのは美優か。

「違うならちゃんと説明してよ！　どうしてはぐらかすの！」

「はぐらかしてなんかないだろ、説明もした！」

「その説明が滅茶苦茶だからちゃんと話してって言ってるんじゃない！」

大股で歩く哲治の前に回り込んで美優は声を高くするが、哲治は一瞬歩みを止めただけで美優を避けてまた歩き出してしまう。

「……修羅場かな？　どうしよう、フミちゃん。俺たちちょっと隠れた方がいい？」

「んー……、まあ、哲治としてはあんまり見られたくないシーンだろうけど……」

どうしたものかな、と首を傾げたとき、背後からカッと強い光が射して薄暗い夜道を遠くまで照らし出した。

放たれた矢のような光は、離れた場所にいる哲治と美優をも照らし出す。哲治たちが驚いた顔でこちらを見た。史生と海里も光源である背後を振り返る。

史生たちから数メートル離れた場所に止まっていたのは、いつか見た黒の乗用車だった。あのときと同じくハイビームをつけた車は、威嚇めいた音でエンジンをふかして史生と海里に近づいてくる。

「え……、えっ⁉」

道の端にいる二人に向かって距離を詰めてきた車に驚いて、史生と海里は慌てて走り出す。車は徐々に速度を上げながら、ぴったりと二人についてきた。

前方には、喧嘩も忘れた顔で道の真ん中に立ち竦む哲治と美優がいる。史生は走りながら、二人に向かって声を張り上げた。

「二人とも、危ないから逃げて！」

「え、な、何が危ないんだ？」

「車！　追いかけてくる！」

えっ、と美優が目を見開く。おろおろと二の足を踏む美優の腕を、横から哲治が摑んで走り出した。引きずられるように美優も走る。その後ろを、相変わらず黒い車はついてくる。

「おい……、おい！　なんだよ、あの車！」

走りながら哲治が叫ぶ。史生と海里は「わかんない！」と声を揃えるしかない。隠れようにも一本道だ。夜も遅いのでどの家もぴたりと門扉を閉ざしていて、適当に転がり込めるような横道もない。

「とりあえず、け、警察に連絡しよう！」

背後の車を振り返りながら史生は叫ぶ。車は一定の速度を保っているが、いかんせん距離が

近い。せいぜい二メートル程度しか離れていないので、運転手が勢いよくアクセルを踏めば四人とも跳ね飛ばされても不思議ではなかった。

「い、一一九だっけ⁉　一一〇⁉」

「どっちだっていいから早くしろ！」

「ねえ、待って、ここからなら哲治の家が近いから、お家の人に電話するとかは⁉」

美優が会話に割り込んできた。すぐさま海里が「直隆兄ちゃん！」と電話口に向かって叫ぶ。

「なんで兄貴！」と苛立った様子で哲治は叫んだが海里は聞かず、「家の近くで車に追っかけられてる！」と立て続けに叫んだ。

途中でT字路が現れ、史生たちは自宅のある方に向かって全力で走る。当然車もついてきて、哲治が苛立った声で怒鳴った。

「完全につけられてるじゃねぇかよ！　お前らなんかしたのか！」

「し……っ、してない……と思う！　多分！」

「海里テメェ、明らかに身に覚えがある返事してんじゃねぇよ！　お前が原因か！」

哲治の怒声に怯んで海里がよろけた。海里が集団から遅れるや車がスピードを上げる。道の左端にいた海里めがけて車が突っ込んできて、慌てて海里も足を速めた。

ギャギャッと嫌な音を立てて車体が民家のブロック塀をこすった。海里を塀と車で押し潰そうという意図が窺い知れる運転に、全員の顔が青ざめる。

「おい、海里！」

「知らないってば！」

「二人とも！　下手に喋ると体力使っちゃうから！」

諍いを止めようと叫ぶ史生も息が上がってしまっている。

史生たちの家まであと少し。百メートルほど先にある曲がり角を左に曲がって、そこを直進すればすぐそこだ。歩けばほんの数分の距離だが、今はそれがひどく遠い。

車は相変わらず後ろをぴったりとついてくる。スピード自体はさほど出ていないが、いつアクセルを踏み込んでくるかわからないので生きた心地がしない。道の端に寄ってやり過ごそうにも、塀と車の間で挟み潰されるかもしれないと思うと足を止めることさえできなかった。

でもあと少しで曲がり角だ。あの角を曲がれば自宅が見えると必死で足を動かしていると、前方から獣の咆哮のような音がした。

肩で息をしながらも異音に気づいた四人は顔を見合わせる。地響きに似た低い轟音と、アスファルトを激しくこすりつける音。次の瞬間、曲がり角から火の玉のような勢いで飛び出してきたのは直隆の車だった。

「へぁっ!?　あれ、兄ちゃんの……!?」

エンブレムつきの高級車はほとんどドリフトする勢いで角を曲がると、スピードも落とさず史生たちのもとに突っ込んでくる。四人が慌てて道の端に寄ると甲高い音を立てて車が急停止して運転席の窓が開いた。中から直隆が顔を出す。

「皆、先に家に行け！」

直隆はどうするのだと問い返すより先に車が急発進した。直隆の行く手には例の不審車がいる。道は二台の車がぎりぎりすれ違えるだけの幅があるが、直隆は道の端に寄ることはせず、真正面から不審車に走り寄った。正面衝突するつもりなのかスピードは緩めない。これにはさすがに相手も驚いたようで、慌てたようにブレーキを踏むと勢いよくバックした。

直隆の車はすぐに相手の車の鼻先まで寄り、それでもブレーキは踏まずじりじりと前進を続ける。ハイビームをつけているせいで運転手の顔こそ見えなかったが、青い顔をしているだろうことは想像がついた。何しろ直隆の車はこの辺りではちょっとお目にかかれぬ高級車だ。下手に傷などつけたらどんな高額な修理代を請求されるかわからない。

結局T字路まで押し返された黒の乗用車は、負け惜しみのように大きくエンジンをふかしてどこかに走り去っていってしまった。

史生たち四人は家に逃げ帰ることも忘れ、民家の塀に寄りかかってその光景を見ていた。すぐに直隆がUターンして戻ってきて、まだ肩で息をしている四人の前で車を止める。

「皆、乗って。とりあえずうちに行こう」

直隆に促され、まだ何が起きたのかよくわかっていない顔で四人とも車に乗った。

車が走り出すとすぐ、皆の気持ちを代弁するように「なんだったんだ、あの車……」と哲治が呟く。誰も返事ができないでいると、急に哲治が声を大きくした。

「おい、誰かあの車のナンバー確認したか？」

哲治の隣にいた史生と美優、助手席の海里も同時に「あ」と声を上げた。どうやら誰も確認していないようだ。

美優が青ざめた顔で「怖くて振り返ってる暇なんてなかったよ」と呟く。史生も一緒だ。とにかく車から逃げるのに必死でナンバーを確認しようという発想すら湧かなかった。しかしよく考えてみれば、警察に通報するにしろナンバーがわからなければどうしようもない。

車内に落ちた重苦しい沈黙を破ったのは、直隆だった。

「ナンバーなら確認したよ」

車内の視線が集中して、直隆は軽く肩を竦める。

「俺は車内にいたからね。ぶつかっても軽い怪我で済むだろうと思ってたから、少しは余裕があったみたいだ。この前史生君を追いかけてきた車と同じナンバーだった」

車中にいたとはいえ、対向車と鼻面を合わせながらもナンバーを確認するとは相当に冷静だ。海里は感嘆の息を吐き、はっとした顔になって直隆の方へ身を乗り出した。

「そういえば兄ちゃん、車ぶつかったりしなかった？　傷とかついてない？」

先程の強引な運転が嘘のように滑らかにハンドルを切りながら、直隆はのんびりとした返事をする。

「多少傷がついても走れれば問題ないだろ。それより皆、怪我はないか?」

「ないよ、全員。ね?」

海里が後部座席を振り返り、史生と美優が頷き返す。直隆もバックミラーでそれを確認したのか、ほっとしたような声を出した。

「そうか……無事でよかった」

車はすぐに生島家の前で停止する。真っ先に動いたのは哲治で、後部座席のドアを開け、ボソッと呟いた。

「都落ちしたからって今更俺たちの前でいい格好しようとすんなよ」

明らかに直隆に向けられた言葉だ。海里が勢いよく哲治を振り返ったが、哲治は無言で車を降りてしまう。当の直隆はと言うと、「そうだな」と呟いて小さく笑っただけだ。

「車をガレージに入れてくるから、皆先に中に入ってくれ」

直隆に促され、美優と史生も車を降りる。

玄関に向かいながら「大丈夫ですか?」と美優に声をかけていると、先に家に入った哲治と海里の言い争う声が外まで響いてきた。

「兄ちゃん、今の言い方はひどいよ! 直隆兄ちゃん俺たちのこと助けてくれたのに!」

「よく言うもんだな! ついこの間まで兄貴と一緒にいるのは息苦しいなんて言ってたくせに、もう掌返しやがったのか!」

玄関先で、哲治と海里は靴を脱ぎながら怒鳴り合っている。遅れて玄関を潜った史生が止める暇もなく、哲治は脱いだばかりのショートブーツを玄関の床に叩きつけた。

「そもそもあの車はお前を狙ってたんだろ！　ガキのくせに色気づいて、ジムのインストラクターと不倫なんぞしてるからこういう目に遭うんだからな！」

史生はぎょっとしてその場に立ち竦んだ。今、不倫と言ったか。海里が不倫？

海里もスニーカーを脱ぎ捨て、足音高く哲治の後を追った。

「違う！　俺、不倫なんてしてないよ！」

「どうだか。するならするで要領よくやれ、お前は昔っから要領が悪くて……」

「……っ、なんだよ！　兄ちゃんこそ部屋でこっそり女物の服なんか着て！　何が要領だよ！　どうせそれがばれて彼女と喧嘩したんだろ！」

廊下を歩いていた哲治が足を止めた。

辺りに沈黙が落ちる。誰も動けない。

ゆらりと陽炎が揺れるように哲治が振り返り、その鬼のような形相に怯んだのか海里が一歩下がる。

次の瞬間、棒立ちになる史生の傍らを突風のような勢いで何かが駆け抜けた。

スカートの裾を翻し、サンダルを蹴って上がり框に飛び乗ったのは美優だ。海里を押しのけ哲治の前に立つと、言葉より先に拳を哲治の胸に叩き込む。

「ちょっと！　部屋で着てたって何？　レシートにあったスカートとワンピース、誰かにあげたんじゃなくて自分で着てたってこと!?」

渾身の右ストレートに哲治が呻く。ぐらついた哲治の顔面にすかさずもう一発叩き込もうとする美優をとっさに海里が止め、史生も我に返って玄関を駆け上がった。

哲治は胸を押さえつつ、「違う」と呻いているが、視線は一向に美優に向かない。海里に腕を押さえられた美優は子供のように地団太を踏むと、あらん限りの声で叫んだ。

「そんなの早く言ってよ！　浮気に比べたら全然大したことないじゃん！　そんなこと隠してたせいでずっと喧嘩してたの!?　だったら馬鹿みたい！　哲治も私も馬鹿みたいだよ！」

長い廊下に美優の声が響き渡る。襖すら震わすような声量に驚いたのか、哲治が俯けていた顔を上げた。

美優は真っ赤な顔で哲治を睨み、急に脱力したように肩を落とした。

「もしかして哲治、心は女の人だった……？　私とは、無理につき合ってくれてたの？」

「ち……っ、違う！」

哲治は折り曲げていた体を慌てて起こすと、俯いた美優の肩を摑んで揺さぶった。

「俺は別に、女になりたかったわけじゃなくて……！　ただ、女物の服を着てみたかっただけなんだ！　いや別に、憧れとかそういうんじゃない！　楽しかったから！」

「楽しかったって……、哲治、いつから女装してたの……？」

美優に涙声で尋ねられ、観念したのか哲治も肩を落とした。

「去年のハロウィンで、うちの店長がスタッフ全員に仮装させただろ。俺も赤いウィッグつけて、魔女の格好して」

涙を拭いながら美優が頷く。哲治は仮装用のぺらぺらした黒いワンピースを着せられ、つけ鼻までつけさせられていた。

「最初は何やらせてんだって腹が立った。でもあの格好で外に出て、商店街のショーウィンドーに映る自分を見たら、なんかこう、妙に楽しくなってきて……」

イベントに使った衣装を家に持ち帰り、気まぐれに部屋でもう一度袖を通してみた。店で準備をしたときはやる気もなかったが、改めてきちんとウィッグをかぶり、薄く化粧も施すと、鏡の中には普段と違う顔をした自分がいた。

男顔の自分が女装などしても見るに堪えないだろうと鏡もろくに見なかったが、これは案外化けるのではないか。そう思ったら面白くなってきた。

幸い哲治は美容師なので、化粧の知識も多少はある。髪型が外見のイメージを大きく変えることも熟知していたため、安物の赤いウィッグにわざわざ鋏を入れ、ヘアアイロンなども当てて形を整えた。そうして持てる知識を総動員し、改めて女装をしてみたら想像以上だった。

変貌した自分に見惚れたわけではなく、見慣れた顔が劇的に変わることに興味を覚えた。ここを変えたらどうだ、こっちはどうなる、と知的探求心に近いものに突き動かされたのだ。

髪型や服を変えるとまた印象が変わる。似合う色を身につけると格段に顔色がよくなった。普段は黒い服しか着ないだけに、この強烈な変化にも夢中になった。それで女性ものの服なども買い揃えるようになったらしい。

「女装っていうより、仮装みたいな気分だったんだ。自分の顔をこんな別人みたいに作り変えられる俺って凄いなって気分にもなってきて、やめられなくなった」

「じゃあ、女の人になりたいわけじゃないの？」

美優に尋ねられ、哲治はしっかりと頷く。

「男が好きなわけでもない。外見が変わるのが面白いだけで、普段からスカートが穿きたいわけでもない。自分でもおかしいと思って何度かやめようとした。でも、こういう技術は仕事にも使えるんじゃないかって言い訳してるうちにずるずるやめられなくなって……」

苦し気に呟いた哲治の声が空気に溶け、続きを引き取るように玄関先で小さな物音がした。皆が一斉に振り返ると、そこには車を置いてきたらしい直隆の姿があった。

その瞬間、哲治の顔がさっと強張った。続けて深く顔を俯ける。一瞬見えたその顔は、美優に秘密を打ち明けたときよりずっと身の置き所がなさそうな、追い詰められた顔だった。

直隆はその場にいる全員を見回し、「茶の間に行こうか」と声をかけた。その言葉をきっかけに、誰からともなくぞろぞろと茶の間に移動する。

まずは海里が座卓の前に腰を下ろし、向かいに哲治と美優が座る。史生は海里の斜向かいに座ったが、なぜか直隆が部屋に入ってこない。どうしたのだろうと廊下の方を窺っていると、美優が項垂れる哲治の背中を叩いた。先程抉り込むような右ストレートを叩き込んだときとは違う、優しい手つきだ。

「私、スカート穿いてる哲治見たい」

「……よせ」

「スカート穿いてる哲治も好きになるよ。絶対」

力強い言葉だった。哲治は何も言い返さなかったが、美優に背中を叩かれてほっとしたような顔だ。

しばらくして、やっと直隆も部屋に入ってきた。皆が揃って直隆を見たが、哲治だけは俯いて直隆を見ようとしない。

直隆は史生の向かいに腰を下ろすと、テーブルの上に白い靴箱を置いた。

史生は思わず声を上げかける。直隆のベッドの下にあった箱だ。

哲治が胡乱な目で箱を見て、直隆は無言でその蓋を取った。中には思った通り、真っ赤なパンプスが入っている。

「哲治。靴のサイズは二十八・五センチだったな？」

突然出てきた赤いパンプスに息を呑む哲治に尋ね、直隆は靴箱を哲治の方へ押し出した。

「そのうちお前に渡そうと思ってたんだ。プレゼントなんて言うと大げさだが……」

哲治は弾かれたように顔を上げ、直隆を見て微かに唇を震わせた。

「……知ってたのか」

打ちのめされた顔をする哲治に、直隆はしっかりと頷く。

「こっちに戻ってすぐの頃、夜中にお前の部屋の前を通りかかったらドアが少し開いてた。明かりが漏れてたから声をかけようとしたら、お前がウィッグをつけてワンピースを着てた」

哲治がぐっと奥歯を嚙むのがわかった。羞恥と怯えが入り混じる顔だ。

哲治が子供の頃によく見せた表情だった。友達と喧嘩をして相手に怪我をさせてしまったとき、あるいはよその家の鉢植えを割ってしまったとき、隠しておきたかったことが明るみに出て、直隆に何を言われるのか緊張しながら待ち構えている顔だ。

重苦しい沈黙の中、直隆は哲治を見据えていった。

「最初に気づいたときは、どういう反応をすればいいのかわからなかった。でも、お前の人生だ。お前が生きやすいように生きればいい。俺は否定しない。もしもお前の趣味をとやかく言う奴がいたら、教えてくれ。殴っておく」

淡々とした口調だったが、最後の一言には妙な迫力があった。強引な運転を見た後だからなおさらだ。

哲治はというと、待ち構えていたのと違う反応が返ってきたのかぽかんとした顔をしていたが、すぐに顔を歪めてそっぽを向いた。

「自分の弟が、女装癖がある変態でもいいのかよ」

「好きな服を着ることが変態なのか？」

問い返され、哲治はカッとなったように拳で座卓を叩いた。

「物わかりのいいふりすんな！　本当は頭おかしいと思ってんだろ！　こんなことやめさせたいと思ってんだろ⁉」

哲治が腰を浮かせかけ、隣にいた美優が必死で止める。史生もあたふたと手を伸ばしたが、直隆は哲治を見詰め返して動かない。哲治が再び腰を下ろすのを待ち、小さく頷く。

「そうだな。正直言うと俺も最初は、お前に女装をやめさせる方法はないか考えてた。普通じゃないんじゃないかと悩んだりもした」

「やっぱり……！」

「でも、途中で気づかされたんだ。俺はお前の人生に責任を持てない」

哲治の言葉を遮って直隆はきっぱりと言う。

「横から口を挟むのは簡単だ。でも、お前に趣味をやめさせて、それでお前の人生がすべて上手くいくなんて保証はしてやれない。俺にできるのはただ見守ってやることだけで、それなら否定するより、応援した方がいいじゃないか」

そう言って、直隆は緩く微笑む。心に偽ったところのない笑顔だった。

哲治は呆然（ぼうぜん）とした顔で直隆を見て、「本気かよ……」と力なく呟く。

「もちろん本気だ。だからこれも用意した」

座卓の上の靴を、直隆はもう一度哲治の方に押し出した。

「服ばかり集めても、靴がなくちゃ外に出られないだろう」

哲治が鋭く息を呑む。直隆を凝視する顔は信じられないと言いたげだ。

「こんな奇行に出る弟……普通隠すだろ」

「隠す必要がどこにある。上手く化けてた。一瞬彼女を連れ込んだのかと思った」

直隆が楽しそうに笑う。そんなに完成度が高かったのか、と思ったのは史生だけではなかったようで、海里と美優が身を乗り出した。

「哲治兄ちゃん、写真とか撮ってないの？」

「……うるせぇ、ねぇよ」

「哲治、今度一緒に洋服見に行こうよ。見立ててあげる」

「……う、うるせぇって」

さすがに哲治の声に照れが交じった。海里と美優の言葉をうるさそうに手で払い、座卓の上の靴に目を向ける。それから直隆に目をやって、ぼそっと言った。

「一応、もらっとく」

「サイズが合わなかったら言ってくれ。返品する」

「そこまでする必要ねぇよ……」

ぼそぼそ言いながらも靴の箱を自分の傍らに置く哲治を見て、ほっと胸を撫で下ろしたのも束の間、直隆はすぐに別のものを座卓に置いた。今度はＡ４サイズの分厚い資料だ。『調査報告書』と書かれたそれを、無言で海里の前に押し出す。

海里はきょとんとした顔で資料を見て、「何これ？」と小首を傾げた。

「浮気調査の報告書だ。この二週間、探偵事務所に依頼してお前の素行調査をしてもらった」

史生ははっとして海里を見る。哲治も先程そんなことを言っていたが、まさか本当に海里が不倫なんてしているのか。一同の視線を一身に集めた海里は、青ざめた顔で身を乗り出した。

「ち、違う！　兄ちゃん、俺本当に、浮気とかそういうんじゃなくて……！」

「わかってるから、早いところその資料を美波の所に持っていけ」

慌てふためく海里の顔を見返し、直隆は「わかってる」と頷いた。

美波、と口の中で繰り返し、史生はぎょっと目を見開いた。

「美波さんって、あの美波さんですか？　ジムの？　ま、まさかカイ君、美波さんと……」

直隆は史生の方を向き、慌てる様子もなく頷く。

「ジムに通い始めてから、海里がたびたび美波と飲みに行くようになった。朝帰りもあったらしい。相手は既婚者だし、何か間違いがないか母さんが心配してたんだ」

「違うってば！　朝帰りって言っても始発までやってる飲み屋で飲んでただけだし！　俺はただ、美波さんが兄ちゃんの学生の頃の話をしてくれるからつい楽しくて……！　それにどっちかっていうと浮気してるのは美波さんじゃなくて旦那さんだよ！　美波さんにそのことで相談されてたんだもん！」

「知ってる。その話は美波から直接聞いた。お前が弟みたいで話しやすいから、散々飲みに誘って愚痴を聞かせて悪かったとも言ってたぞ」

でもな、と直隆は顔をしかめる。

「そもそも美波の旦那は浮気なんてしてなかったし、それどころかお前と美波があんまり頻繁に会ってるから、お前たちが不倫してるって信じ込んでた。だからあんなふうに車でお前を追いかけ回すようなことをしたんだ」

直隆を除いた全員が息を呑んだ。先程自分たちを車で追い回してきた犯人が突如判明したからだ。呆気にとられた顔で、哲治が座卓に身を乗り出す。

「でも、さっきの車が美波って人の旦那だって証拠はあんのか？」

「あるよ。前に史生君があの車に襲われたときナンバーを確認しておいた。美波に訊いたら、旦那さんの車のナンバーと一緒だって教えてくれた」

「じゃあ間違いねぇか。あんな危ないことしてる奴の身元が割れてるなら何よりだ」

史生も胸を撫で下ろした。正体もわからぬ相手にまた車で追い回されてはたまらない。

「浮気調査の結果を見たけど、海里からも美波からも後ろ暗いところは出なかった。これを美波の旦那さんに見せれば事も収まるだろう」

これで万事解決、と言いたいところだが、調査資料を見詰める海里の表情は暗い。調査対象者の欄には海里の名が記されていて、分厚い資料にはここ二週間の海里の行動が全て記録されているのだろう。

海里は資料に目を落としたまま、抑揚乏しく呟いた。

「……直隆兄ちゃんは、俺が不倫してるって疑ってたの？　いつから？」

沈んだ声で尋ねる海里に、直隆はしっかりと体を向けて答える。

「こっちに戻ってすぐに、母さんに相談された。もともと美波が勤めてるジムには通うつもりだったし、ついでに海里たちの様子も見ておこうと思った」

「ジムで俺と美波さんの様子を見て、不倫してると思ったから探偵事務所なんかに依頼したの？　本当に俺が、結婚してる人に手を出そうとしたと思ったの？　俺のこと疑ったの？」

海里の眉が八の字になる。今にも泣きだしそうな顔で切々と尋ねられ、直隆は「いいや」と首を横に振った。

「実際ジムに行くまでは、もしかしてって気持ちもあったよ。でも美波とのやり取りを見てたら、とてもそういう雰囲気には見えなかった。それに途中で思い出したんだ。お前が子供の頃、俺たちのためにドーナッツを取っておいてくれたときのこと」

哲治が「ああ」と声を上げる。

「あったな、そんなこと。好物を独り占めする絶好のチャンスだったのに『皆で食べる』って頑張って、外が真っ暗になるまで俺たちが帰ってくるの待ってたっけ」

「え、何それ、可愛い」

美優がきゅんとした顔で海里を見る。史生もあのときは海里のいじらしさに胸を鷲掴みにされたものだ。

子供の頃のことを引き合いに出され、恥ずかしそうに俯く海里に直隆は言う。

「そういう優しい子が他人のものを取るわけがないって思ったから、疑わなかった」

「……疑ってないなら、浮気調査なんてしないんじゃないの？」

拗ねたような口調で海里に言われ、直隆は目元に苦笑を浮かべた。

「違う。これだけきちんとした資料があれば美波の旦那さんも納得してくれると思ったから用意しただけだ。本気で疑ってたら大枚叩いて調査なんて依頼するわけないだろう？」

「大枚って……い、幾らかかったの？」

「百万」

さらりと言い放たれた言葉をその場にいた誰もが聞き逃しかけ、一拍置いてからひゅっと喉を鳴らした。

今、百万と言ったのか。二週間の調査で、百万円？

「嘘でしょ‼」

海里が悲鳴のような声を上げる。史生も眩暈を起こしかけた。

「面倒くさいからお前だけじゃなくて美波の調査もしてもらったんだ。嫉妬深い旦那にこれ以上つきまとわれるのも嫌だからな。二つも調査資料があればさすがにあっちも引き下がるだろう。これ以上お前たちを危険な目に遭わせたくない」

「だからって……だからって！」

海里は眉尻を下げ、力尽きたように座卓に突っ伏してしまった。その体勢のまま、くぐもった声で呟く。

「今回は本当に俺、不倫なんてしてなかったけどさ……、でも兄ちゃん、あんまり俺のこと信じない方がいいよ。俺馬鹿だから、何やらかすかわかんないよ……」

「俺はそうは思わない。海里を馬鹿にする奴がいるのなら断固撤回させるぞ」

力強い声で直隆が言い切ると、海里が伏せていた顔をおずおずと上げた。

「俺、でも……本当に、どうしたらいいかわかんなくて」

「なんだ、他にも何か問題が？」

「あるよ、一杯。進級は危ういし、進路も決まらないし……」

力なく呟いて、海里は再び突っ伏してしまう。

「俺、何ができるだろ。直隆兄ちゃんみたいに頭よくないし、哲治兄ちゃんみたいにセンスないし……。兄弟の中で一番出来損ないなんだもん」

直隆は意外なことを言われたとばかり目を見開いて哲治を見る。哲治もまた驚いた顔で直隆を見返した。どう思う、と直隆に目配せされた哲治は大仰に肩を竦めた。

「俺から見れば、兄弟の中でお前が一番世渡り上手だと思うけどな。愛想はいいし、口もよく回る。接客業なんて向いてるんじゃねぇか？」

「俺も営業の仕事をするようになってから、海里みたいな人当たりの良さは羨ましいと思ってた。初対面の相手とでもすぐ打ち解けられるし、社会に出ても強みになると思う」

でも、とまだぐずぐず言っている海里を見て、史生も援護射撃をする。

「僕はカイ君の一生懸命頑張るところ、凄いと思うよ。ジムでも黙々とトレーニングしてるもんね。晴海さんも褒めてたし」

「私は海里君の外見ならモデルとかになってもいいんじゃないかなって思う。格好いいし」

美優まで口を挟んできて、海里は目を瞬かせながらようやく体を起こした。ちやほやされて照れくさくなったのか「そ、そう？」なんてへらりと笑い、哲治から「概ね事実だけど調子に乗んなよ」と釘を刺されている。

「冬虫夏草を探してもいいんじゃないか？」

和やかなムードの中、直隆がそれまでと少し違う方向に話を振った。それに対して誰より驚いた顔をしたのは海里で、どうして、と掠れた声で呟く。

「なんで冬虫夏草？　ていうか、兄ちゃん冬虫夏草知ってるの？」

「知ってる。冬虫夏草は漢方薬になるからな。うちの会社でも扱ってる。海里は好奇心旺盛だし目端が利くから、トレジャーハンター目指してもいいんじゃないか？　密林で新種の虫や植物を探すとか。研究職についてもいい」

「そ、そんなの仕事にできるわけ……」

尻込みする海里に、直隆は大らかに笑ってみせた。

「海里はまだ二十歳になったばかりだろう。進路の幅を狭めるのは早いんじゃないか？」

「そうだぞ、俺たちと比べたらまだ断然いろんな可能性があるだろ」

海里は直隆と哲治を交互に見て、そうかな、と呟く。小さいけれど、内に微かな希望を滲ませる声だ。そっか、と呟いて小さく笑う顔に、ようやく海里らしさが戻ってきた。

「あの、そう言えば俺、フミちゃんとお酒買ってきたんだけど皆で飲まない？」

兄二人に褒められたり背中を押されたりして照れたのか、海里が話を変えるように傍らに置いていたコンビニ袋を座卓に置いた。

「よく考えたらさ、俺が成人する前に直隆兄ちゃん東京に行っちゃったし、兄弟で飲む機会なんてなかったでしょ？　今日はフミちゃんと美優さんもいるし、ちょっとだけ、ね？」

長いこと直隆と哲治の仲は良好とは言い難かっただけに、海里は窺うような顔を兄二人に向ける。いち早くそれに気づいた史生は、二人の反応を見る前にコンビニの袋からビールを出して座卓に並べた。

「いいね。僕コップ持ってくる」

「私もお手伝いします」

すかさず美優も立ち上がった。断る隙も与えず準備を整えようという史生の意図を汲んでくれたらしい。

いそいそと台所へ向かう史生と美優を横目で見送った哲治は、鼻を鳴らして自分もコンビニの袋からつまみを取り出した。

「そんなに必死にならなくても断らねぇよ」

「俺も、皆で飲むのは初めてだから嬉しいよ」

兄たちの反応を見た海里は嬉しそうに破顔して、つまみの菓子袋を次々開け始めた。

「直隆兄ちゃんも案外お酒弱いんだよね。この前合コンで飲んだとき顔真っ赤になってたし」

「マジか。よし、今日は兄貴を潰そう」

「東京で鍛えた肝臓を舐めるなよ、返り討ちにしてやる」

三人の声を背中で聞きながら、美優は「なぁんだ」と気の抜けたような声を出す。

「哲治、お兄さんと凄く仲悪いとか言ってたんですけど、そうでもないんですね？」

まあね、と史生は笑う。ついこの間までそれなりに険悪な雰囲気だったことは敢えて言わなくてもいいだろう。コップを持って茶の間に戻り、全員でグラスを合わせて乾杯した。

コンビニで買ってきたのは数本のビールと酎ハイで、五人で飲むにはさすがに足りないだろうと思われたが、何しろ生島家の三兄弟は酒に弱い。アルコール度数の低い酎ハイをまだコップ半分程度しか飲んでいないのに早々に顔を赤くした海里が、上機嫌で直隆に尋ねる。

「直隆兄ちゃん、東京ってどうだった？　楽しかった？」

うん？　と直隆は柔らかな返事をする。直隆に代わり、すぐに哲治が言葉をかぶせてきた。

「楽しいってより過酷なんじゃねぇか？　あの兄貴がこんだけ丸くなって帰ってきたんだぞ。散々都会の荒波に揉まれたんだろ」

「確かにー。今回みたいな問題起こしたら前は真っ先に叱られてたよね」

「釈明の余地もなく膝詰めの説教が始まってたもんな」

直隆は笑うばかりで二人の言葉を否定しない。実際、実の弟に対しては厳しかったようだ。今は穏やかな顔で弟たちを眺め、ビールの入ったコップを手に取った。

「こっちにいたときは天狗になってたからな。自分でもお前たちに対する当たりがきつかったとは思うよ」

「天狗っていうか、実際兄ちゃんはなんでもできたし」

ビールを少しだけ口に含み、直隆は苦り切った顔で笑う。

「そうやって皆が四六時中持ち上げてくれるから、自分でもその気になって意気揚々と上京してぺしゃんこになったんだ」

「ぺしゃんこって？　兄ちゃんが？」

「入社して二年目に、軽くメンタルをやられて通院した。しばらく休職もしたな」

その場にいた全員が、えぇっ、と驚きの声を上げる。

「病院に通って、少し会社を休んだらよくなった。筋肉をつけるとメンタルが強くなるって人伝に聞いて、他に解決策もわからなかったからジムにも通った」

「あっ！　だからあんなに鍛えてたんだ⁉」

「でも俺たち、そんな話全然聞いてなかったぞ。お袋だって……」

誰にも言ってなかったからな、と笑って、直隆はコップを座卓に戻す。

「地元にいた頃は努力すれば成績も上がったし、結果も出た。努力に結果が伴うのは当然だと思ってたんだ。でもそれは周りのサポートがあればこそだったんだって痛感したよ。身の周りの環境を整えてくれて、弱ってたら支えてくれて、そういうものがあったからなんとか立っていられただけだったのに、地元を離れてみるまでそんなことにも気づけなかった。ふがいないなと思ったよ。お前たちに偉そうなことを言える立場じゃなかったって反省もした。だからもう、お前たちのことを頭ごなしに叱ることなんてできない。とはいえ、まったく口を挟まないでもいられないけれど」

そこでいったん言葉を切り、直隆は左右に座る海里と哲治に小さな声で尋ねた。

「口うるさい兄貴で悪いが……帰ってきてもいいかな」

哲治と海里が目を丸くする。直隆のこんなにも自信のない声を耳にするのは初めてなのかもしれない。

哲治は明らかに戸惑ったような顔をしたが、すぐに表情を切り替えるとコップに残っていたビールを飲み干し、どうでもよさそうな態度を装って言った。

「別にいいんじゃねぇの。その代わりあんまり美優に優しくすんなよ。目移りされる」

「え、まさか哲治、本気でそんなこと心配してんの？　私をなんだと思ってるの？」

「お前じゃなくて、兄貴に前科があるんだよ！」

美優に拳を固められ及び腰になる哲治を尻目に、海里も屈託なく笑う。

「俺も帰ってきてほしいよ。就活のこととか相談したいこと一杯あるし！」

弟たちの反応を見てほっとしたように息を吐き、最後に直隆は史生を見る。その顔に少しだけ緊張の色が窺えて、史生は満面の笑みで頷いた。

「僕も、直隆さんが帰ってきてくれたら嬉しいです」

今更言うまでもないと思ったが、今度こそ安堵（あんど）したように直隆の目が緩んだ。

周りから超人なんて呼ばれているくせに、意外と直隆は自分に自信がない。肩の荷が下りたような顔でコップを傾ける直隆に忍び笑いを漏らし、史生は皆にビールを注いで回った。

飲み始めてすぐ、出かけていた翠と妙が帰ってきた。二人して買い物に行っていたらしい。

茶の間で酒盛りをしている史生たちを見た翠は、「あら、楽しそうなことやってるわね」と言って、ウィスキー持参で酒盛りに参加してきた。ついでに妙も焼酎片手に参戦してくる。生島家は男たちが酒に弱い代わりに女性陣が酒豪だ。

美優もまた酒に強いようで、ウィスキーをロックで飲んで早速翠と意気投合していた。

翠は酒飲みが増えたことにはしゃいで、「フミちゃんも強いのよね」などと言いながら史生のコップにもウィスキーを注いでくる。妙も横から焼酎を注いできてわんこそば状態だ。うっかり目を離すとウィスキーを焼酎で割っていたりするから気が抜けない。気づかずウィスキーの焼酎割を飲んでむせた史生を見て、翠と妙は心底楽しそうにハイタッチする。ファミレスのドリンクバーで遊ぶ学生よりも質が悪い。

早々に潰れた哲治と海里は、お互いの秘密をお互いが知っていた理由を不審がって何事か言い合っている。呂律は回らず、話が前後するのでわかりにくいが、つまるところ哲治は翠から相談を受けて海里の不倫疑惑を知り、海里は夜中に哲治が女装をしている姿を見てしまい秘密を知ったということらしい。

「大体兄ちゃん、なんでいつも部屋のドア薄く開けとくわけ？　トイレのドアとか、脱衣所のドアとかもさぁ」

「地震がきたら閉じ込められるからだよぉ」

「だからって秘密の趣味を楽しんでるときぐらいちゃんとドア閉めなよぅ」

二人してべろべろに酔って言い合いをしている。直隆も目元をうっすらと赤くしながら二人を肴に飲んでおり、和気藹々とした楽しい飲み会だった。

散々飲んで時刻が変わる頃、さすがに美優は帰宅することになり家の前にタクシーを呼んだ。哲治と海里はすっかり酔い潰れていたので、史生と直隆が美優を送り出す。

「また来てね」と微笑む直隆に、美優は元気一杯「はい」と返事をして帰っていった。直隆の笑顔を至近距離で見ても動じない辺り、哲治が心配するようなことは起こらなそうだ。

走り去るタクシーを見送り、史生は家に戻って居間の片づけをすべく回れ右をする。しかし足を踏み出すより先に、体がぐらりと傾いた。

「おっと……大丈夫？」

隣にいた直隆に寄りかかってしまい、大きな手で肩を掴んで支えられる。あれ、と目を瞬かせると、直隆に顔を覗(のぞ)き込まれた。

「珍しいな、史生君が酔っ払うなんて」

直隆の顔はすぐ近くにあるのに声はどこか遠くから聞こえて、目と耳の遠近感が狂っていることに戸惑った。自分では酔っているつもりはなかったが、翠と妙からウィスキーと焼酎をかわるがわる飲まされ、さすがに酒が回っているらしい。

「史生君はどうする？　家に帰る？」

「ん、いえ……、今日うち、母が旅行でいなくて、明日も帰ってこないし、だからカイ君に、泊っていったらって誘われていて……」

直隆は目を見開くと、しばし何か考えるように口を閉ざしてから史生の肩に手を置いた。

「着替えとか持ってきてる？」

肩を抱き寄せられ、直隆の広い胸に寄りかかる格好になって史生はふぅっと息を吐いた。大きな体は凭れかかってもびくともしなくて、安心する。

「僕の着替え、もうそっちにありませんでしたっけ……？」

「どうかな。中学生くらいまではよくうちに泊まりに来てたから用意してあったけど。一応取りに戻ろうか」

直隆に肩を抱かれたまま自宅へ向かう。ふらふらと蛇行する史生の体を、直隆はしっかりと抱き寄せてくれた。その足取りがほとんど乱れていないことに気づいて、玄関の鍵を開けながら史生は小首を傾げる。

「直隆さん、今日はあんまり酔ってないんですね？」

直隆は史生の代わりに玄関の扉を押し開け、史生の背を押して家の中に入った。

「途中から水しか飲んでなかったんだ」

「あれ、そうだったんですか。僕てっきり……、でも、どうしてです？」

靴を脱ぎ、ふわふわと雲の上を歩くような心地で上がり框に足をかける。また体がぐらついて、背後に立っていた直隆の胸に背中から倒れ込んだ。本当にひどく酔っている。こんな酔い方をするのは、まだ自分の酒量を見極められていなかった学生の頃以来かもしれない。

直隆は史生の体を難なく受け止めると、上から史生の顔を覗き込んで笑った。

「君に大事な話があったから控えておいた」

「大事な？　僕にですか？」

「美優さん、君の彼女じゃなかったんだな」

　ぼんやりしていた史生の顔つきが、その一言で急変した。そういえば自分は嘘をついていた。いや、彼女がいるとは嘘をついたが、それが美優だとは言っていない。どこまでが嘘なのか酔った頭では冷静に判断もできず、慌てて体を起こして廊下を歩きだす。

「あの、はい、えーと……、哲治に、口止めされていたもので」

「そうみたいだな。かなり最近まで騙されてた」

　ふらふらと廊下を歩けば直隆も後をついてきて、慌てて居間を指さした。

「あの、お茶でも淹れますから、そっちで待っててください」

　史生は台所に飛び込むと、コップに水道水を注いで一息で飲み干した。濡れた口元を拭い、危なっかしい手つきでインスタントのコーヒーを淹れて居間に戻る。

　史生の自宅の居間には二人掛けのソファーと小さな座卓、それからテレビが置かれている。史生はソファーに腰かける直隆の前にコーヒーを置き、恐る恐るその隣に腰を下ろした。

　礼を言ってカップを取った直隆は、本当にほとんど酔っていないらしい。顔も赤くないし、姿勢もしゃんとしている。対する史生はまるで酔いが抜けない。きちんと座っているつもりでも気を抜くと直隆の方にずるずると体が傾いてしまい、何度もソファーに座り直した。

「それで、大事な話ってなんですか……？」

呂律が回っていないことを自覚しながら尋ねると、直隆がゆっくりとこちらを向いた。笑みを含んだ流し目にどきりとして目を逸らせない。そんな史生に直隆はひそやかな声で囁く。

「最近君がしていた交換日記、相手は俺だって気づいてた？」

耳の産毛をくすぐるような、吐息をたっぷりと含んだ声に背筋を震わせ、直後史生は両目を見開いた。

「えっ！　交換日記って……あのノートですか⁉」

「うん。昔の海里の字を真似て書いてたけど、さすがにばれてたかな」

「あ、あれは哲治が書いてたんじゃ？　だって、ペンが、美容院で使ってた……」

動揺する史生を見て、直隆は「ペン？」と首を傾げた。

「あのノートを書くとき使ってたペンか。そういえば、哲治の美容院でもらったやつだな」

「ど、どうして直隆さんがそんなもの……」

「店長が家まで持ってきてくれたんだよ。ペンの他にもタオルとか持って、カットモデルになってくれないかって」

はっと史生は息を呑む。そういえば哲治も、店長が直隆をカットモデルに誘うためわざわざ粗品を持って生島家を訪れたと言っていた。その中にあのペンもあったのか。

愕然とする史生を見て、直隆はおかしそうに笑う。

「そうか。あのペンを使ってたから相手は哲治だと思ったのか。『直隆さんじゃありませんよね？』なんて書いてくるからばれたのかと思って焦ったのに」

「え、でも、なんであんな日記……？」

動転して息が荒くなる史生の横で、直隆は体を前のめりにして自身の膝に肘をつく。

「こっちに戻ってきてすぐ、哲治の趣味と海里の不倫疑惑を知った。すぐに二人と話をしようと思ったけど、しばらく離れて暮らしているうちに二人との距離感がわからなくなって、それで史生君に相談しようと思ったんだ。君はずっと二人の近くにいたから事情もわかってくれるかもしれないって。でも、君まで俺を避けるからもうどうしようもなくなって、それであいう形で相談した。面倒だから全員の問題を混ぜて」

「あ、え、でも、日記には男の人が好きだって……。哲治は違うし、あれ、カイ君……？」

酔いのせいかひどく手間取りながら考えをまとめていると、じっとこちらを見詰める直隆と目が合った。まっすぐに視線が交差して唇を閉ざせば、代わりに直隆が口を開く。

「それは俺の悩みだ」

閉じた唇が自然と緩んだ。ぽかんと口を半開きにして、史生はまじまじと直隆の顔を見る。冗談には見えないが、何しろ自分は酔っている。聞き間違いでもしただろうか。小首を傾げると、直隆も一緒になって首を傾げて笑った。

「一度は振ったくせに、今更なんだと思われるかもしれないけど、君のことが好きなんだ」

柔らかな声が耳を撫でて心地いい。その感触に酔って言葉の意味まで理解できなかった。

直隆はしばらく史生の反応を待っていたようだが、いつまでも史生が動かないと見るとゆっくりと体を起こして史生に手を伸ばしてくる。それでもなお動けずにいたら、直隆にそっと抱き寄せられた。

「あのときは、きちんと君の気持ちに応えてあげられなくてすまなかった。今更だけど怒らないでくれ。もうずっと前から俺は、フミのことが好きだったんだ」

フミ、と呼ばれたその瞬間、直隆が地元を離れてから戻ってくるまでの七年が急速に圧縮された。直隆が上京する前夜の出来事が昨日のことのように生々しく蘇り、心臓が破裂するくらい緊張しながら直隆の部屋に入ったあの瞬間を思い出す。

十歳で直隆への想いを自覚してからこつこつと積み上げてきた想いは、「勘違いだよ」という一言で音を立てて崩れた。新たに積み直すこともできず放り出されていたその想いを、今になって拾い上げられたようで息が止まる。

声も出ず、目の縁から涙が溢れた。

唇を嚙んで嗚咽を殺すが、背中の震えは隠せない。すぐに直隆が史生の顔を覗き込んできて、ぼろぼろと頰を伝う涙を掌で拭ってくれた。

「ごめん。あの頃の俺は本当に鈍かった。勇気を振り絞って告白してくれたのに、勘違いだなんてひどいことを言って、本当にすまなかった」

直隆は親指で史生の頬を撫で、濡れた目元を指で拭い、何度も謝罪を繰り返す。

痛む場所を撫でるように繰り返し涙を拭われて、ようやくあの日の自分がひどく傷ついていたことに気がついた。あのときは「なんだ、勘違いだったのか」と無理やり自分を納得させてしまったから、自分が傷ついたことを自覚することもできなかった。

本当は気持ちを受け止めてもらえず悲しかったのに。

嗚咽を漏らす史生の背中を撫で、直隆はもう一度史生を両腕で抱きしめる。史生は直隆の胸に濡れた頬を押しつけ、「本当ですか」とくぐもった声で尋ねた。

「本当だ。フミが好きだよ。君に会いたくてこっちに戻ってきた」

「じ、上京する前は……っ、僕のこと、そんなふうに見てなかったのに……」

しゃくり上げながら言えば、宥めるように背中を叩かれた。

「フミのことはずっと弟みたいに思っていたし、告白されたときはただびっくりした。でも嫌な気分ではなかったって、東京に向かう新幹線の中で気がついたんだ」

同性に告白されたのに嫌ではない。そのことを、直隆はあまり不思議に思わなかった。それどころか、史生が相手なら何をされても嫌な気分になるはずはないとすら思った。そこまで理解しておきながらも、自分の気持ちを正しく理解することはできなかったのだ。

「俺は頭が固いから、ずっと常識に囚われてたんだ。同性愛は異常だって信じて疑ってなかったし、俺や君が道を踏み外すわけがないとも思った」

異常という言葉に身を固くした史生に気づいたのか、その強張りを溶かすように直隆は史生の背中を撫でる。今はそう思っていない、と示すような手つきだった。

「君が特別なんだって気がついたのは東京でひとり暮らしを始めてからだ。狭いアパートでひとりで過ごすのは淋しくて、仕事も最初はミスばかりで、精神的に凄く追い詰められた」

それでも地元には戻れなかった。家族にも相談できなかった。「お兄ちゃんなら大丈夫」と送り出してくれた家族を思い出せば、淋しいなどという理由では帰れない。

「帰省したらそのまま会社に戻れなくなりそうで、身動きが取れずに困っていたら実家から荷物が届いた。お礼を言う口実で久々に実家に電話をかけたら、電話にフミが出た」

覚えてるか？　と尋ねながら、直隆が史生の耳の裏を撫でてくる。くすぐったくて身をよじると、前より強く抱きしめられた。

「皆仕事のこととか東京のこととか通り一遍なことしか訊いてこなかったけど、フミだけは『淋しくないですか？』って訊いてくれたんだ」

それなら史生も覚えている。後ろで会話を訊いていた海里と哲治は「兄ちゃんに限って」と笑ったものだ。

「そのとき、弟たちに向かってフミは言っただろう。『誰だって急にひとりになったら淋しいよ』って。それが凄く嬉しかった。皆して、お前ならできる、できないはずがないって言ってくるのに、この子は俺が弱音を吐いても許してくれるんだって思って、ほっとした」

「でも、あのとき、不機嫌そうに会話を切り上げてませんでした……？」

「仕方ないだろう、泣きそうだったんだ」

直隆は少し照れくさそうに笑い、史生の肩口に頬をすり寄せる。

「荷物の中に漢方薬やカリン酒を見るたびに、フミに会いたくて仕方がなくなった。もしも告白を断っていなかったら東京のアパートに呼ぶこともできたのかなと思ったら凄く惜しまれて、それでようやく自分の気持ちに気がついたんだ。鈍くて呆れるだろう」

肩に頬ずりをしていた直隆が、史生の首筋に唇を寄せる。肌に吐息がかかり、驚いてじたばたと暴れたが両腕でがっちり拘束されて逃げられない。薄い皮膚に唇を押し当てられて背中が仰け反った。

「地元を離れて、随分君に甘やかされてたんだって自覚した。微熱を出しただけで氷枕を持ってきてくれて、疲れているときは温かいスープを作ってくれて、淋しいときは当たり前みたいな顔で隣にいてくれた。思い出すたび君に甘えたくて仕方なくなった。子供の頃だってこんな気分になったことはないのに」

「あ、甘やかしてなんて……」

史生はうろたえて両手をばたつかせる。自分はただ、直隆のことが好きで仕方なかったから、なんだかんだと言い訳をつけてその周りをうろちょろしていただけだ。

「君に会いたい気持ちが募って、いよいよ爆発しそうになったところで営業部の人間がこっちの支社に異動するって話を聞いたんだ。なりふり構わず立候補したよ。これで戻れなかったら会社を辞めてもいいとすら思った。そうやってやっと地元に帰ってみたら、肝心の君からは俺に告白したことを黒歴史なんて言われるし、もう彼女がいるとも言われて、本当に膝から崩れ落ちそうになった」

直隆が首筋に軽く歯を立ててきて息を呑む。背中に回された腕は緩まず、アルコールも相まって苦しいくらい息が上がった。

直隆は史生の首筋に歯を当てながら、苦り切った声で言う。

「周りの人たちも俺が左遷でもされたのかと思って腫れものを扱うような態度をとるし。哲治と海里もあの調子だ。戻ってくるべきじゃなかったのか悩んだ。俺自身、淋しくて都会から逃げてきたような気分でいたから」

直隆は柔く歯を立てた場所に今度は唇を押しつけ、吐息交じりに呟いた。

「でも、君からのノートにあった『行くにしろ戻るにしろ決断するのは勇気がいる』って言葉に励まされた。東京にいたら俺はもう持たなかっただろうっていう判断は正しかったと思ってる。戻ったことに後悔はない。それで吹っ切れて、メンタルがやられて通院していたことも皆にも打ち明ける気になったんだ。本当はずっと隠しておくつもりだった」

史生は濡れた睫毛を瞬かせ、直隆の胸に手をついておずおずとその顔を見上げる。

「……ほ、本当ですか」

「嘘はひとつも言ってない」

直隆は目を伏せると、身を屈めて史生に顔を近づける。こんなときでも整った顔に目を奪われていたら、唇に柔らかくキスをされた。

唇を直隆の吐息が撫でて、声もなく両目を見開いた。驚き過ぎて体がぐらつき、直隆の腕をすり抜けてソファーから尻が滑り落ちる。カーペットを敷いた床に強か腰を打ったが痛みも感じない。体が重く、目の前のことがひどく現実離れして見えた。

（痛くない、ということは夢……もしかして僕は、凄く恥ずかしい夢を見ているのでは⁉）

自分の願望を全部詰め込んだ夢を見ているのではと思ったら猛烈な羞恥に襲われ、四つん這いでソファーから離れようとしたら後ろから直隆に抱きすくめられた。

「ここからが大事な話なんだけれど」

「えっ！　ま、まだあるんですか⁉」

「前に彼女がいるって言ってただろう。美優さんじゃなかったみたいだけど、本当にいるのか？」

胸の前で直隆の腕が交差して、そのままずるずると後ろに引き寄せられる。床の上で胡坐をかいた直隆の膝に乗せられ、後ろから抱き寄せられてまた首筋にキスをされた。

「ノートにも好きな人がいるって書いてたけど、誰？」

シャツの上から胸をまさぐられ、史生は喉を反らす。今更答える必要なんてあるのかと思ったが、振り向いて見上げた直隆の目は不穏なくらい真剣だった。

「女性かな。男性？」

布地の薄いシャツの上から胸の突起に触れられて喉を鳴らす。くすぐったいような気もしたが、いかんせん酔っているので感覚が鈍かった。ただ背筋がそわそわと落ち着かない。逃げようともがくとシャツの上から胸の尖り（とが）を引っ掻（か）かれて心許（こころもと）ない声が漏れた。

「あ……っ、や……」

「教えてくれないの？」

「だ、男性……っ」

直隆は目を細め、史生の顎（あご）を捉えて後ろを向かせる。

「それなら良かった。俺にもまだ望みがある」

史生の頬に口づけながら、直隆はもう一方の手を史生の胸から腹へと滑らせた。

ジーンズの上から下腹部を撫でられ、史生は目を見開いて体をよじる。

「直隆さ、な、何……あっ」

フロントホックを外されて、手早くファスナーも下ろされる。下着の上から自身に触れられ、床の上で爪先が跳ねた。恥ずかしいより困惑して、うろたえ顔で直隆を振り返る。

「あ、あっ、やだ……、なんで……？」

「なんでって、好きな相手に触りたい」

史生の耳に唇を寄せ、君が好きなんだ、と直隆は何度も繰り返す。低い声に耳から溶かされそうだ。下着の上からすりすりと指を這わされ、緩く雄が頭をもたげる。

事ここに及んでようやく恥ずかしさと気持ちよさが同じ強さで噴き上がってきた。けれど快楽よりも理性の方がアルコールと混ざりやすい。恥ずかしい気持ちは溶けて消え、初めて他人の手から与えられる刺激に陶然となる。

「あ、あ……、あっ」

「気持ちいい？　直接触るぞ」

下着を引き下ろされ、芯を持ち始めたものが外気に触れてふるりと震えた。直隆は躊躇なく史生のそれを握り込んで緩く上下に扱く。

「あ、あんっ、直隆さ、やだ、やぁ……っ」

「……こんなに酔ってるのに、俺じゃ嫌か？」

直隆の声に切なさが滲んだ。震える睫毛を瞬かせて視線を上げれば、直隆が子供のように眉尻を下げてこちらを見ている。

「何年も前に振られた相手のことなんて好きになれない？」

「え、あ……の？」

「もう手遅れか。あのときの俺は心底馬鹿だったから仕方ない。他に好きな人が？　くそ、七年前の俺を殴りに行きたい……」

本気で歯噛みをする直隆を見て、史生はふらふらと視線をさ迷わせた。まさかこの人は、まだ史生の好きな相手がわかっていないのか。

「な、直隆さん……」

史生に名前を呼ばれた途端、奥歯を噛みしめた直隆の表情が緩んだ。何？　と溶けるような笑顔で覗き込まれ、史生はシャツの上から自分の胸元を握りしめる。

「ぼ、僕の好きな人、直隆さん、です……」

熱っぽい息を吐きながら、史生は人生で二度目の告白をした。

さすがに少しぐらい勘づいていたのではないかと思ったが、直隆は両目を見開き、呼吸すら忘れたように静止して史生を凝視してくる。

視線の強さに耐えかね、史生は目を伏せてぼそぼそと続けた。

「直隆さんに振られたのは黒歴史ですけど、好きになったこと自体は後悔してないし、まだ好きです……。彼女がいるっていうのも、嘘で——」

言葉の端から顎を捉われ、上向かされた唇に噛みつくようなキスをされた。

今度は触れるだけのキスではない。唇の隙間から熱い舌が滑り込んできて肩が跳ねる。肉厚な舌が口の中を暴れ回り、呼吸さえ吸い上げられそうになってとっさに直隆の腕を摑んだ。

「ん、ふ……っ、ぅ……」

音がするほど激しいキスについていけない。酔って腫れぼったくなった舌を舐められ、嚙まれ、唇の端から唾液が滴る。さすがに苦しくなって直隆の腕を叩くと、ようやく口内を荒らしまわっていた舌が撤退した。

いつでもキスに戻れる距離で、直隆は史生の顔を一心に見詰める。

「本当に、まだ俺を好きでいてくれたのか」

息を乱しながら史生が頷けば、見たこともない満面の笑みが返ってきた。

「信じられない、一生分の運を使い果たした気分だ」

「お、大げさです……」

掠れた声で呟けばまたキスをされる。濡れた唇を擦り合わせ、直隆は吐息だけの声で言う。

「もう何もいらない」

無欲が過ぎると思ったが、深く唇をふさがれて言葉にすることはできなかった。

激しいキスから一転、直隆はじゃれるように互いの舌を絡ませ、史生の唇を舐める。とろとろと舌が絡まって気持ちがいい。うっとりと目を閉じたら、史生の雄を握り込んだままだった直隆の手が思い出したように動き出した。

「ん、んん……っ」

唇を合わせたまま、直隆はゆっくりと手を上下させる。先端から先走りが溢れ、ぬるついた感触に腰が浮いた。くびれに指を這わされると、喉の奥からくぐもった声が漏れる。

「んっ、ふ……っ、はっ、ぅん……っ」

直隆がキスでふさいでくれているおかげで最小限の声で抑えられているが、唇が離れたらもう声を殺せないのではないだろうか。大きな掌で幹を扱かれると腰が抜けるほど気持ちがいいし、先端を弄られるとびくびくと腹が波打つ。

体の中でせき止められた快感が膨らんで弾けそうになり、史生は首を振って自らキスをほどいた。

「や、やだ、直隆さん、や……っ」

「ん？ どうして？」

「だ、だって、我慢できない、から……っ」

乱れる息を抑えつけて涙声で白状したが、無情にも直隆は手の動きを速めてさらに史生を追い上げてきた。

「あっ！ ひぁ……っ、や、あぁっ！」

「我慢することないだろう。気持ちよくなってるところなら、もっと見たい」

直隆は甘ったるい声で囁いて、わざと淫らな音を立て史生の屹立を扱く。逃げようとしたが、もう一方の腕がしっかりと腰に回されているため叶わない。

荒い息に切れ切れの声が交じる。ほとんど涙声だ。こらえなければいけないと思うのにまるでブレーキが利かない。快感の水位がひたひたと上がって溢れそうになる。

「あ、あぁ、あ……っ」

先端から先走りが溢れ、そのぬめりが益々史生を追い立てる。限界が近づいて固く目を閉じれば、直隆が軽やかな音を立てて史生の唇にキスをした。

驚いて目を開くと鼻先の触れ合う位置に直隆の顔があって、熱っぽい視線もそのままに囁かれた。

「とろとろになって、可愛いな」

骨の髄まで溶かされそうな甘い声に背筋が痺れた。痺れは背骨から腰骨に至り、体の内側でぎりぎり抑え込んでいた快楽の波がどっと溢れてくる。

「あ、あっ、あぁ——！」

爪先が反り返る。すぐ側にある直隆の顔が見えない。跳ねる腰を固く抱き寄せられ、史生は小さく体を痙攣させて吐精した。

唇から震えた息が漏れ、全身が弛緩した。こめかみがどくどくと脈打っている。力なく直隆の胸に寄りかかると、ぐるりと体を回転させられて直隆の膝の上に横向きに抱き上げられた。

脱力して直隆のするに任せていた史生だが、前を寛げていたジーンズを膝の辺りまで引き下げられて我に返った。

「す、すみません、僕、あの、今拭くものを……！」

「いいよ、そのままでいて」

片腕で抱き寄せられ、髪に優しくキスをされた。しかし史生は気が気でない。自分が出してしまったもので直隆の手が汚れている。直隆だって困るだろうに、本人はまるで気にした様子もなく史生の雄に触れてくる。濡れた指は裏筋から会陰を辿り、奥まった窄まりに触れてきた。

「えっ、あ……の……っ」

「大丈夫、少し触るだけだから」

何が大丈夫なのかよくわからなかったが、直隆に優しく微笑まれると抵抗する気力が失せてしまう。そもそも達したばかりで体に力も入らず、会陰と窄まりを行き来する指の感触に翻弄されるばかりだ。

ときどき直隆の指が会陰を軽く押し上げる。繰り返し同じことをされると、腹の奥がふわっと温かくなる感じがした。なんだろう、と思っていると、今度は窄まりに指が触れた。ゆるゆると円を描くようにしてそこをほぐしているようだ。

「ん……、ぁ、直隆さ……?」

直隆は史生の耳に唇を寄せ、密やかに笑う。

「そんな警戒心のない顔をして……。君はあまり深酒をしない方がいいな」

唇が額に触れ、鼻筋を辿り、柔らかく頬に沿う。体の中を気持ちよくアルコールが巡り、目を閉じるとそのまま意識を失いそうになった。無意識にふぅっと大きく息を吐いた瞬間、窄まりに指を押し込まれた。

「あ……っ」

目を開けるとすぐそこに直隆の顔があって、軽く唇をついばまれた。瞬きの音すら聞こえそうな距離で、直隆はひそひそと囁く。

「体の力を抜いて……。そう、上手だ」

ゆっくりと直隆の指が入ってくる。違和感はあるが、さほど痛くはない。酔っていると痛覚が鈍る。それよりも直隆が褒めるようにキスをしてくれるのが嬉しい。唇を擦り合わせ、誘うように薄く口を開くと待ち構えていたように熱い舌が滑り込んでくる。史生も拙い舌使いでキスを返した。

「は……、ぁ……っ、ん……」

節の高い指が奥まで入ってきて声が漏れた。ゆったりと指を抜き差しされて切れ切れに声が上がる。自分でも甘えたような声だと思ったが嚙み殺せない。唇を嚙もうとすると、阻止するように直隆が唇を舐めてくる。

「嫌じゃない？」

唇の先で直隆に囁かれ、史生は睫毛を震わせる。質問の意図が呑み込めず黙っていると、中でじっくりと指を回された。

「あ……っ」

「俺にこんなところを触られて、嫌じゃないか？」

指の腹で内壁を押し上げられ、また腹の奥がじんわりと温かくなった。初めて感じるそれを快か不快かに選(よ)り分けることはできず、史生は曖昧に首を傾げる。

よくわからないが、嫌ではないと思った。とんでもない場所を触られている自覚はあるが、嫌ではない。

素面だったらもう少し恥ずかしがったり抵抗したりしたのかもしれないが、羞恥はアルコールが溶かしてしまった。それより今は、長年想いを寄せていた直隆が、指で、手で、全身で触れてくれることが信じられなくて、他のことなんてどうでもよくなってしまう。

「嫌じゃない、です」

「明日の朝に後悔しないか？」

直隆が声を殺して笑う。背中からぴったりと寄り添った体が揺れ、優しい振動に身を預けて史生は頷いた。

「このまま眠って、全部夢だった方が後悔する気がします……」

囁いて、直隆の胸に頬をすり寄せる。

直隆の笑い声がぴたりとやんで、沈黙の後、後ろからずるりと指が引き抜かれた。そのまま力一杯抱きしめられる。

「フミ、抱きたい。明日の朝ぶん殴ってくれてもいいから。俺のものになってくれ」

切迫した声で囁かれ、史生も直隆の背に腕を回した。服が水を含んでいるのかと思うほど重たかったが、なんとか直隆の背にしがみついて頷く。

抱かれるというのが具体的にどういうことかはぼんやりとしか想像できなかったが、恐怖や迷いはなかった。あるのはただ、直隆に求められているという高揚感だけだ。

史生の方は覚悟を決めたというのに、直隆はこの期に及んで「でも」「酔った相手に」と逡巡し始めたので、服の上から直隆の背中を引っ掻いた。

直隆がこちらを覗き込んできて、史生はふにゃりと笑う。

「いいですよ、甘やかしてあげます」

酔っ払いの戯言に聞こえただろうか。そうだったらいい。直隆を誘う指先が少しだけ震えてしまったことには気づかないでほしいという史生の願いは、直隆に押し倒されて成就する。

史生に深くキスをした直隆は史生の唇を舐めて「酒の味がする」と呟き、こっちまで酔っ払いそうだと笑った。

ちゃんとベッドに行こうと誘われ、直隆に横抱きにされて二階へ上がった。さすがに重いだろうとうろたえたが、直隆は「いつも上げてるベンチプレスよりずっと軽い」と笑う。

途中でキッチンに寄り、オリーブオイルを持って史生の部屋に向かった。何に使うのかと尋ねるのは野暮な気がして何も言わなかったが、やはりあのときちんと訊いておくべきだったろうか。自室のベッドの上で四つ這いになり、シーツを握りしめて後悔した。

「ん、んん……っ、ぅ……」

「苦しいかな。こっちは？」

オイルでとろりと濡れた掌が陰嚢を包み込み、やわやわと撫でられて背中がしなる。その間も後ろに埋め込まれた指を抜き差しされて喉が鳴った。

必死で声を殺していると直隆が上体を倒してくる。互いに服は脱いでいるので背中に直接肌が触れ、汗ばんだ熱い感触にぞくりと背筋が震えた。

「声を殺さないでくれ。聞きたい」

「ん、あ……っ、あぁ……」

耳元で囁かれ、耳朶を口に含まれて唇が緩む。オイルをたっぷりとまとわせた指が隘路を出入りして、腹の奥がじんと疼いた。ほとんど摩擦がないので痛みはない。それどころか、もう一方の手で屹立を撫でられると背筋を快感が舐め、中にある直隆の指をきつく締めつけてしまう。

「あっ、あぁ……っ、や……っ」

「気持ちいい？　もっとしようか」

くびれた部分に指を這わされ、過敏なそこが痛いほどに疼く。達してしまいそうになったところでぐっと奥を突かれて息を詰めた。体の内側を撫でられる感触は最初こそ違和感があったのに、性器と一緒に刺激されるうちに快感ばかり拾うようになってきてしまった。

深々と埋められた指がぐるりと回され、史生は甘く掠れた声を上げる。

「ひ……っ、あ、あぁ……っ」

「奥を撫でるとひくひくする。こっちも気持ちよくなってきた？」

シーツに横顔を押しつけて震えていると、頬に直隆の唇が押し当てられた。柔らかくキスをされ、吐息交じりに名前を呼ばれる。それだけで体の芯が溶けるようで、史生は熱っぽい溜息をついた。

「あ、ん……っ、気持ち、い……」

「ん、そうか。酔ったフミは素直だな」

「あ……っ、あ、あぁ……っ！」

ふいに直隆が屹立を扱いてきてシーツを掻きむしる。硬く反り返ったものを扱くのと同じ速度で指を出し入れされるとたまらない。性器に与えられる直截的な快感と、内側をごつごつとした指で刺激される迂遠な快感が入り混じって目の前がちかちかする。

「やっ、あっ、あんっ、あぁ……っ！」

恥ずかしい声を殺せない。酔っているせいだろうか。でも史生は元からそれほど酒に弱くないし、さすがに醒めてきている頃だ。冷静さを残した自分がそう思うのに、声を上げるほど直隆が嬉しそうな顔をするので止められない。

全部酔っているせいにして、直隆に促されるまま絶頂へ駆け上がった。

「あっ、ん、んん……っ！」

背中をしならせ、直隆の手に飛沫を叩きつける。二度目の絶頂に頭がくらくらして、史生は力なく手足を弛緩させた。

直隆に後ろから腰を支えられたまま、汗ばんだ項に繰り返しキスをされる。隘路から指を引き抜かれ、ひくりと肩が反応した。

元来史生は性に淡泊で、一晩で二回も達することなど滅多にない。脱力して、瞼が急速に重くなったところで内腿に熱い塊を押しつけられた。

ぎくりと体が強張ったものの、後ろから甘やかな声で名前を呼ばれて全身からめためたと力が抜けた。項や肩にねだるような甘噛みをされ、大きな犬を思わせる仕草にふっと笑みが漏れる。史生は唇に笑みを浮かべたまま直隆を振り返り、腕を伸ばしてその髪に触れた。

「後ろからだと怖いので、前からがいい、です……」

照れくささを押し殺して頼めば、返事の代わりにキスが返ってきた。軽く触れて離れ、史生が仰向けになるとまた深く重なって口内を貪る。

熱烈なキスを受けながら直隆の背中に腕を回すと、直隆の体の厚みが目で見るより確かに伝わってきた。背中を覆う筋肉の隆起に指を這わせ、これほど鍛えるまでにどれだけ時間をかけたのだろうと思う。

東京でひとり、やり場のない淋しさを抱えてジムに通い続けていたのだろうか。

汗ばんだ肌を撫でながら、直隆のことを超人扱いしていた哲治や海里を叱れないなと思った。

史生だって、あの直隆がまさか東京で淋しい思いをしているとは思わなかった。

自ら膝を開いて直隆を受け入れる態勢を取ると、キスの合間に直隆が熱っぽく囁いた。

「随分積極的だ」

「まあ……、酔っぱらってますからね」

笑いながら冗談めかして応じると、直隆が愛しげに目を細めた。

「俺は君に甘やかされてばかりだな」

史生の頬を片手で撫で、「本当に酔ってる？」と直隆が囁く。瞼でキスを受け止めて、酔ってます、と史生は小声で繰り返した。そうでなければこんなに素直に直隆を抱き返すことなんてできなかったはずだ。

「……酔ってるから、早く」

目を閉じて呟くと、頬に唇が滑り降りてきた。両足を抱え上げられ、その間に直隆が体を割り込ませてくる。窄まりに切っ先が触れ、薄く目を開けると至近距離で直隆と視線が絡んだ。

「フミ、好きだよ」

唇に軽くキスをされ、直隆の目元が緩む。

「俺が東京に行く前、勇気を出して告白してくれてありがとう。あの言葉がなかったら、常識でがんじがらめにされてた俺は、一生自分の気持ちに気づけなかったかもしれない」

思いがけず真摯な声に胸を衝かれる。息を呑んだ史生の唇にもう一度キスをして直隆は微笑んだ。

「酔いが醒めたら、たっぷりお礼を言わせてくれ」

史生は直隆と目を合わせたまま、礼なんていらない、と思った。

こうして直隆に触れられて、見詰められるだけで、自分の恋は十分実った。

思った瞬間、胸の中心が熱く蕩けた。同時に直隆が腰を進めてきて喉を仰け反らせる。

「あ、あ……ぁ、あ……っ」

狭い場所に熱い屹立が押し入ってくる。オイルの滑りに助けられ、思ったよりもスムーズだ。それどころか覚悟していた痛みや苦しさがほとんどなくて史生は困惑する。やっぱり自分は思っていたより酔っていて痛覚が飛んでしまったのだろうか。それとも胸の中心から溢れてくる甘ったるい感情が苦痛を溶かしてしまったか。

「あ、ん、ん……、あぁっ！」

ずん、と奥まで突き上げられて悲鳴じみた声が漏れた。

直隆が肩で息をしながら史生の顔を覗き込む。目元が赤い。息も整わず、額に汗が滲んでいる。乱れた息の下から、フミ、と呼ばれ、背筋にぶるりと震えが走った。

いつだって一部の隙もなく振る舞っていた直隆が、こんなにも必死な顔で自分を見ている。

そう思っただけで胸の底が震えるほどの歓喜が湧いてきて、涙目になって唇を噛む。

「……フミ？　つらいか」

「ち、違い、ます……」

「無理しなくていい。一度抜こう」

直隆が腰を引こうとして、とっさに背中にしがみついた。

体に力を入れると中にいる直隆を締めつけてしまい、腰の奥に甘ったるい痺れが走る。爪先から溶けていくようで眉根を寄せれば、心配顔の直隆に頬を撫でられた。

「きついなら我慢しなくても……」

「ち……、違います！」

大きな声を出して頭を起こした史生だが、またすぐにへなへなと後ろ頭をシーツにつけた。内側で直隆を感じるたびに力が抜けて、受け入れた場所が甘く疼く。

まだ心配顔を浮かべる直隆を見上げ、史生は涙目で呟いた。

「……溶けちゃう」

直隆が大きく目を見開く。身じろぎしただけで史生が「あっ」と掠れた声を上げて、ようやく史生の状況を察したらしい。半信半疑のような顔で小さく腰を揺らし、史生がとろんとした顔で顎を反らすのを見るや、両手で史生の腰を摑んだ。

「あ……、あっ、あぁ……っ」

ゆさ、と緩慢に揺さぶられて、体の中心を蜜のような快感が貫く。べっとりと甘くて重い。経験したことのないそれに史生は爪先を丸めた。

「あっ、あ、や、んん……っ」

蕩けた粘膜をゆるゆると穿たれて全身が震える。急き立てられるような射精感とは違う、腹の底にとろとろと溜まっていくようなこの快感はなんだろう。

短く喘いでいると、急に直隆の腰の動きが速くなった。

「あっ⁉ や、あ、あぁ……っ」

ぐずぐずに溶けた場所を突き上げられて背中が弓なりになる。ベッドが軋むほど大きく揺さぶられて目の端に涙が浮かんだ。柔らかな肉襞を擦られる疼痛が快楽にすり替わり、それは頭の先から爪先まで史生を満たして、かつてない充足感に溺れそうになった。

直隆は息を弾ませながら、痛いくらいきつく史生を抱きしめて髪に頬ずりする。

「フミ、頼むから、俺以外の前で酒は飲まないようにしてくれ」

酔っているせいでこんなにも史生が乱れていると思ったらしい。違う、と言いたかったが、キスで唇をふさがれて叶わない。

「ん、んん……っ、ぅ……っ」

口の中を荒々しく舌で掻き回され、身じろぎもできないくらいきつく抱きしめられて突き上げられる。人肌に温まって溶けたオイルがあられもない音を立て、卑猥な気持ちを掻き立てられた。

唇がずれ、史生は滴るような声を上げて体を仰け反らせた。

「や、あぁ、あ、あ――……っ！」

内側が縋りつくように直隆を締めつける。史生を抱く直隆の腕が一層強くなって、がくがくと体が震えた。

最奥まで突き上げられて、史生は高く掠れた声を上げて絶頂を迎えた。目を瞠っているのに視界が白く霞む。

「……っ」

直隆は低く喉を鳴らし、震える内側の感触を味わうようにゆっくりと腰を揺すった。達して過敏になっていた史生はびくりと体を震わせ、心許ない顔で直隆を見上げる。

「なお……っ、あ、あ……っ？　や、ぁ……っ」

ゆるゆると腰を揺らされ目を見開く。内側に接するものはまだ固く、熱くどくどくと脈打っているようだ。

ほんの少し揺さぶられただけでまた快感の渦に引きずり込まれそうになって、史生は涙目で首を横に振った。もう無理です、と言葉もなく訴えたつもりだったが、直隆は額に浮かべた汗もそのままに、ゆったりと笑って史生に顔を近づけてきた。

「フミ……、甘やかして」

唇の触れ合う距離で囁かれて史生は眉を下げる。そう言われるともう突っぱねられない。

先に甘やかすと言ったのは自分だ。たとえ言質を取られていなくとも、甘えるのが下手な長男気質の直隆に甘えられれば際限なく甘やかしたくなってしまう。

首筋に頬ずりされればなす術もなく、史生は諦め顔で直隆の後ろ髪に指を絡ませた。

ゴールデンウィークも終わる頃、史生の勤める携帯ショップに直隆がやって来た。それも平日の夕方。スーツを着て、いかにも外回りの途中といった様子だ。

直隆はカウンターで接客をしていた史生に軽く目配せをすると整理券を取り、大人しく待合のソファーに座って順番を待ち始めた。

程なく整理券番号を呼ばれた直隆が史生のもとまでやってくる。

「いらっしゃいませ。今日はどうされました？」

マニュアル通りに声をかけた史生を物珍しそうに眺め、直隆は椅子に腰を落ち着けると「プランの変更を」と申し出てきた。

「うちの家族が全員家族割にしているらしいから、俺も入りたいんだ」

「あれ、直隆さん入ってなかったんですか？」

史生が早々にマニュアルを無視した砕けた口調になると、直隆もリラックスした様子で椅子に寄りかかった。

「俺が上京するときはまだそういうプランに入ってなかったらしい。今は祖母ちゃんも携帯を持ってるから全員家族割にしてるらしいけど」

「じゃあ、一応直隆さんが今入ってるプランと比較させてもらいますね」

直隆はスーツのポケットから携帯電話を取り出し、よろしく、と微笑む。

何気ない笑顔なのに、史生の頬がぽっと赤くなった。直隆と想いが通じてもう半月も経つというのに、この容姿端麗な相手が自分の恋人なんて未だに信じられない気分になる。何分これが初めての恋人なので、つき合って半月程度ではまだ実感もわかない。

横顔に視線を感じながら資料を打ち出していると、直隆がカウンターに肘をついた。狭いカウンターに身を乗り出して、互いの距離がぐっと近くなる。

「君、職場でもそんなに無防備な顔をするのか」

「え、な、なんですか、急に」

「あんまり可愛い顔をしないように。心配だ」

からかわれているのかと思いきや直隆は思いがけず真剣な顔だ。そんなに腑抜けた顔をしていたのかと慌てて片手で頬を押さえる。

「そ、それより直隆さん、こんな時間に来るなんて、まだお仕事の途中ですか？」

「いや、今日は出先から直帰していいって言われたから早めに上がったんだ」

「まだ定時前ですよ。支社の成績優秀者を狙ってるにしては余裕ですね？」

軽口を返せば、直隆の顔に不敵な笑みが浮かんだ。

「ショッピングモール近くの病院、突破口が開けたからね」

「え、今まで支社の人たちが誰も営業に行けてなかったっていう、あの？　凄いですね！　おめでとうございます！」

「突破口が開けただけで、本腰を入れて営業をかけるのはこれからだけど」

「でも凄いですよ。直隆さん、あっという間に支社のトップになっちゃいそうですね。そうなったらなったでまた本社から引き抜きとかありそうですけど……」

「その可能性は否定できないけど、そのときは本社と交渉する。しばらくはここから動きたくない」

直隆はカウンターに頬杖（ほおづえ）をつくと、携帯電話を指先で撫でる。

「この前、哲治が言ってくれたんだ。『兄貴は長男なんだから、ここにいるのは当然だろう』って。帰ってきていいか、なんて訊く必要もないって」

プリントアウトされた紙を整えていた史生は手を止める。直隆に反発していた哲治がそんなことを言うとは意外だった。

「よかったじゃないですか」

「うん。だからお礼にワンピースをプレゼントしたんだけど、『兄貴とは趣味が合わねぇ』って凄く嫌そうな顔をされた」

仲良しこよしとはいかないのは相変わらずかと史生は苦笑を漏らす。

「カイ君はどうです？」

「就活に向けて企業研究を手伝ってくれって言われてる。それから今度、冬虫夏草のある公園に連れていってくれるらしい」

「カイ君も相変わらずですね」

くすりと笑って、そういえば、と史生は声を低くした。

「不倫騒動はもう収束したんですよね？」

「ああ、美波の旦那さんとも話し合いをした。相手も反省してたし、今回は警察に届けずに内々で収めたけど、まだ何か気になることでも？」

「いえ、それはそれでいいんですけど……、不倫騒動でうやむやになってた晴海さんとカイ君の関係は、なんだったんでしょうか？」

今もジムに通っている直隆なら晴海とも親しくしているのではないかと尋ねてみれば、思った通り訳知り顔で頷かれた。

「別に恋人同士ってわけじゃなく、晴海ちゃんが他人に筋肉を触ってもらいたがる人だっただけだな。あのときも、海里に広背筋を自慢してたらしい」

「え、他人に触らせるんですか？　筋肉を？」

困惑した表情を浮かべる史生を見て、直隆はむしろ驚いたような顔をした。

「普通じゃないか？　硬さや厚みは見るより触った方がわかりやすいし」

だとしても、触らせるだろうか。体を鍛えている人にとってはそれが普通の感覚なのか。確かに史生も、直隆の体に実際触れてみるまであそこまで筋肉質だとは思わなかったが。

（あ、まずい、何思い出してるんだ）

汗ばんだ直隆の背中の感触を思い出してしまいそうになり、史生は慌てて話題を変えた。

「じゃあ、直隆さんも他人に筋肉を触らせたりするんですか？」

「そうだな、トレーニングの後なんかはたまに」

「……誰とそんなことしてるんです？」

頬杖をついてカウンターの奥に視線を漂わせていた直隆がこちらを見る。その顔に、たちまち嬉しそうな笑みが咲いた。

「焼きもち？」

「……っ、ち、違います！」

図星を指されて声が裏返った。史生は慌ただしく資料をまとめると、角を揃えて直隆の前につきつける。

「お客様の現在のプランはこちらです！」

「もう少しお喋りにつき合ってくれてもいいじゃないか」

「業務中ですので」

「さっきまでここに座ってたお婆ちゃんとは、せんべいを食べながら楽しそうにお喋りしてたのに？」

「あれは……っ、業務の一環です！」

自分でも支離滅裂なことを言っている自覚はあったが修正もできない。取り乱す史生を眺め、直隆は楽しそうに笑って自身の携帯電話を指さした。

「ついでに機種変更もしていこうかな」

「な、直隆さん……！」

「せっかくの直帰なのに、君は閉店まで仕事なんだろう？　淋しいからこうして正攻法で構ってもらおうとしてるんじゃないか。君の売り上げにもなるしいいだろう」

たかがそれだけのために機種変更までする気かと目を剝く史生に、直隆は満面の笑みを向ける。

「いい子にしてるから、甘やかしてくれ」

そのために帰ってきたんだと言われてしまえば抗えるわけもなく、史生は半ば自棄になってカウンターの下から分厚いカタログを取り出した。

「最新機種のご説明を致します！」

直隆が嬉しそうに目尻を下げて笑う。少し前まで他人に何かをねだることなど滅多になかったくせに。

何事も呑み込みの早い直隆は、『恋人に甘える』というスキルもすでにマスターしたようだった。

あとがき

高校生の頃から日記を書いている海野(うみの)です、こんにちは。

高校二年生の春、新しいクラスに知り合いがひとりもいなくてうろたえ、『去年の私はどうやってこの心細い状況を乗り切ったんだろう⁉　知りたい、当時の心境が知りたい！　こんなことなら日記のひとつもつけておけばよかった！』と思ったのがきっかけで、その次の日から日記をつけるようになりました。

未だに苦境に立たされると、「前もこんなことあったなぁ、あのときはどうしてたっけ」と日記を掘り返して読んでいたりします。最初はウィークリー手帳に一日三行程度の日記をつけていたのですが、数年ほど前から一日一ページの日記を使うようになり、気がついたら日常の日記とは別に仕事日記もつけるようになっていました。仕事日記は地獄の様相を呈していることが多いのですが、後から読み返すとどの修羅場も楽しく思い出せるから不思議です。

今回のお話に出てくるような交換日記は、小学生の頃に友達同士でやっていた記憶があります。しかし二、三回書いたところで誰の順番か曖昧になり、そのうち自然消滅したような……。一番テンションが上がったのは日記を用意したときだったかもしれません。

ということで今回は交換日記をキーアイテムにしたお話でしたがいかがだったでしょうか。

打ち合わせの段階で、主人公が隣の家の三兄弟と交換日記をするという流れは決まっており、じゃあ主人公は三兄弟の誰と恋に落ちるの？　という部分を考えるのが大変楽しかったです。最初は主人公が幼馴染の次男に片想いをして、でもお互いすれ違ってギスギスしてるのもいいかな、と思っていたのですが、長男が主人公を慰め始めた辺りで「いやもう君たちがくっついちゃえよ」と方向転換して今回のお話の原型ができました。

そして今回は私にしては珍しく登場人物が多く、表紙にはなんと四人のイケメンが揃いました！　表紙に四人は過去最多！　一瞬「海野がまさかの複数プレイ!?」みたいに思われた方もいらっしゃるかもしれませんが、そうはならないのが海野の海野たるゆえんです。

そんな、ザ・イケメンパラダイスなイラストを描いて下さった高城リョウ先生、ありがとうございました！　三兄弟それぞれが異なる魅力に溢れていて素晴らしいですね！　そしてそんなイケメンたちの中で一層際立つ主人公の可愛さよ……！　華やかなイラストを本当にありがとうございました。

そして末尾になりますが、この本を手に取ってくださった読者の皆様にも心から御礼申し上げます。こうして本を書き続けていられるのも、いつも応援して下さる皆様のおかげです。どうか少しでも楽しんでいただけますように。

それでは、いつかまたどこかでお目にかかれることを祈って。

海野　幸

この本を読んでのご意見、ご感想を編集部までお寄せください。

《あて先》〒141−8202 東京都品川区上大崎3−1−1 徳間書店 キャラ編集部気付
「匿名希望で立候補させて」係

【読者アンケートフォーム】
QRコードより作品の感想・アンケートをお送り頂けます。
Chara公式サイト http://www.chara-info.net/

■初出一覧

匿名希望で立候補させて……書き下ろし

Chara

匿名希望で立候補させて……【キャラ文庫】

2020年3月31日　初刷

著者　海野　幸

発行者　松下俊也

発行所　株式会社徳間書店

〒141-8202　東京都品川区上大崎3-1-1

電話　049-293-5521（販売部）

03-5403-4348（編集部）

振替　00140-0-44392

印刷・製本　図書印刷株式会社

カバー・口絵　近代美術株式会社

デザイン　百足屋ユウコ＋モンマ蚕（ムシカゴグラフィクス）

ISBN978-4-19-900984-6

海野 幸の本

好評発売中

［ifの世界で恋がはじまる］

イラスト✦高久尚子

専門知識はあるけれど、口下手で愛想笑いも作れない——ＳＥから営業に異動し、部内で浮いている彰人。今日も些細な口論から、密かに憧れる同僚・大狼を怒らせてしまった…。落ち込むある日、偶然訪れた神社の階段で、足を踏み外して転落!! 目覚めた彰人を待っていたのは、気さくに声をかける同僚や、熱っぽい視線を向けてくる大狼——昨日までとは一転、彰人にとって居心地のいい世界で!?

投稿小説 大募集

『楽しい』『感動的な』『心に残る』『新しい』小説――
みなさんが本当に読みたいと思っているのは、
どんな物語ですか？
みずみずしい感覚の小説をお待ちしています！

応募のきまり

応募資格

商業誌に未発表のオリジナル作品であれば、制限はありません。他社でデビューしている方でもOKです。

枚数／書式

20字×20行で50～300枚程度。手書きは不可です。原稿は全て縦書きにしてください。また、800字前後の粗筋紹介をつけてください。

注意

❶原稿はクリップなどで右上を綴じ、各ページに通し番号を入れてください。また、次の事柄を1枚目に明記して下さい。
（作品タイトル、総枚数、投稿日、ペンネーム、本名、住所、電話番号、職業・学校名、年齢、投稿・受賞歴）
❷原稿は返却しませんので、必要な方はコピーをとってください。
❸締め切りは特別に定めません。採用の方にのみ、原稿到着から3ヶ月以内に編集部から連絡させていただきます。また、有望な方には編集部からの講評をお送りします。（返信用切手は不要です）
❹選考についての電話でのお問い合わせは受け付けできませんので、ご遠慮ください。
❺ご記入いただいた個人情報は、当企画の目的以外での利用はいたしません。

あて先

〒141-8202　東京都品川区上大崎3-1-1
徳間書店　Chara編集部　投稿小説係

キャラ文庫既刊

英田サキ

「DEADLOCK」シリーズ全3巻 ill：高階 佑
「SIMPLEX DEADLOCK外伝」 ill：高階 佑
「STAY DEADLOCK番外編1」 ill：高階 佑
「AWAY DEADLOCK番外編2」 ill：高階 佑
「OUTLIVE DEADLOCK season 2」 ill：高階 佑
「PROMISING DEADLOCK season 2」 ill：高階 佑
「HARD TIME DEADLOCK外伝」 ill：高階 佑
「恋ひめやも」 ill：小山田あみ
「ダブル・バインド」全4巻
「アウトフェイス ダブル・バインド外伝」 ill：葛西リカコ
「欺かれた男」 ill：乃一ミクロ
「すべてはこの夜に」 ill：笠井あゆみ

秋月こお

「王朝春宵ロマンセ」シリーズ全4巻 ill：唯月 一
「王朝ロマンセ外伝」シリーズ全3巻 ill：唯月 一
「幸村殿、艶にて候」全7巻 ill：九號
「公爵様の羊飼い」全3巻 ill：円屋榎英

秋山みち花

「黒き覇王の花嫁」 ill：麻々原絵里依
「騎士と魔女の養い子」 ill：北沢きょう
「略奪王と雇われの騎士」 ill：雪路凹子
「虎の王と百人の妃候補」 ill：夏河シオリ

洸

「深窓の王子の秘密」 ill：金ひかる
「副業でヒーローやってます！」 ill：麻々原絵里依

いおかいつき

「眠れる森の博士」 ill：小山田あみ

犬飼のの

「暴君竜を飼いならせ」
「翼竜王を飼いならせ 暴君竜を飼いならせ2」
「水竜王を飼いならせ 暴君竜を飼いならせ3」
「双竜王を飼いならせ 暴君竜を飼いならせ4」
「卵生竜を飼いならせ 暴君竜を飼いならせ5」
「幼生竜を飼いならせ 暴君竜を飼いならせ6」
「皇帝竜を飼いならせⅠ 暴君竜を飼いならせ7」
「皇帝竜を飼いならせⅡ 暴君竜を飼いならせ8」 ill：笠井あゆみ

海野 幸

「ｉｆの世界で恋がはじまる」 ill：高久尚子
「匿名希望で立候補させて」 ill：高城リョウ

榎田尤利

「理髪師の、些か変わったお気に入り」 ill：二宮悦巳

尾上与一

「初恋をやりなおすにあたって」 ill：木下けい子

音理 雄

「俺がいないとダメでしょう？」 ill：榊 空也
「農業男子とスローライフを」 ill：高城リョウ

華藤えれな

「氷上のアルゼンチン・タンゴ」 ill：嵩梨ナオト
「人魚姫の真珠 ～海に誓う婚礼～」 ill：北沢きょう
「白虎王の蜜月婚」 ill：高緒 拾

可南さらさ

「先輩とは呼べないけれど」 ill：穂波ゆきね
「旦那様の通い婚」 ill：高星麻子

かわい恋

「王と獣騎士の聖約」 ill：小椋ムク

川琴ゆい華

「幼なじみクロニクル」 ill：Ciel
「ぎんぎつねのお嫁入り」 ill：三池ろむこ

神奈木智

「その指だけが知っている」シリーズ全5巻 ill：小田切ほたる
「ダイヤモンドの条件」シリーズ全3巻 ill：須賀邦彦
「守護者がめざめる逢魔が時」
「守護者がささやく黄泉の刻 守護者がめざめる逢魔が時2」
「守護者がつむぐ輪廻の鎖 守護者がめざめる逢魔が時3」
「守護者がさまよう記憶の迷路 守護者がめざめる逢魔が時4」
「守護者がいだく破邪の光 守護者がめざめる逢魔が時5」
「守護者がおちる呪縛の愛 守護者がめざめる逢魔が時6」 ill：みずかねりょう

北ミチノ

「好奇心は蝶を殺す」 ill：円陣闇丸

久我有加

「寮生諸君！」 ill：麻々原絵里依

櫛野ゆい

「伯爵と革命のカナリア」 ill：穂波ゆきね
「臆病ウサギと居候先の王子様」 ill：石田 要
「興国の花、比翼の鳥」 ill：夏河シオリ
「しのぶれど色に出でにけり輪廻の恋」 ill：北沢きょう

楠田雅紀

「俺の許可なく恋するな」 ill：乃一ミクロ
「恋人は、一人のはずですが。」 ill：麻々原絵里依
「あの日、あの場所、あの時間へ！」 ill：サマミヤアカザ

キャラ文庫既刊

栗城 偲
［玉の輿ご用意しました］
［玉の輿謹んで返上します 玉の輿ご用意しました2］
［玉の輿新調しました 玉の輿ご用意しました3］
［玉の輿に乗ったその後の話 玉の輿ご用意しました番外編］ ill：高緒 拾

月東 湊
［親愛なる僕の妖精王へ捧ぐ］ ill：みずかねりょう

ごとうしのぶ
［熱情］ ill：高久尚子

小中大豆
［妖しい薬屋と見習い狸］ ill：高星麻子
［ないものねだりの王子と騎士］ ill：北沢きょう
［十六夜月と輪廻の恋］ ill：夏河シオリ

桜木知沙子
［教え子のち、恋人］ ill：高久尚子

佐々木禎子
［妖狐な弟］ ill：佳門サエコ

沙野風結子
［一滴、もしくはたくさん］ ill：湖水きよ
［人喰い鬼は色に狂う］ ill：葛西リカコ
［夢を生む男］ ill：北沢きょう

秀 香穂里
［くちびるに銀の弾丸］シリーズ全2巻 ill：祭河ななを
［他人同士］全3巻 ill：新藤まゆり
［大人同士］全3巻 ill：新藤まゆり
［他人同士 －Encore!－］ ill：新藤まゆり
［このカラダ、貸します！］ ill：左京亜也
［今日から猫になりました。］ ill：北沢きょう
［ウィークエンドは男の娘］ ill：高城リョウ
［双性の巫女］ ill：乃一ミクロ
［束縛志願］ ill：新藤まゆり
［肌にひそむ蝶］ ill：嵩梨ナオト
［オメガの純潔］ ill：みずかねりょう
［コンビニで拾った恋の顛末］ ill：新藤まゆり
［弟の番人］ ill：ミドリノエバ
［地味な俺が突然モテて困ってます］ ill：Ciel
［魔人が叶えたい三つのお願い］ ill：小野浜こわし

愁堂れな
［法医学者と刑事の相性］シリーズ全2巻 ill：高階 佑
［捜査一課のから騒ぎ］シリーズ全2巻 ill：相葉キョウコ
［猫耳探偵と助手］シリーズ全2巻 ill：笠井あゆみ
［あの頃、僕らは三人でいた］ ill：yoco
［美しき標的］ ill：小山田あみ
［ハイブリッド ～愛と正義と極道と～］ ill：水名瀬雅良

神香うらら
［恋の吊り橋効果、試しませんか？］ ill：北沢きょう
［伴侶を迎えに来日しました！］ ill：高城リョウ
［葡萄畑で蜜月を］ ill：みずかねりょう

菅野 彰
［毎日晴天！］シリーズ1～16
［SF作家は担当編集者の夢を見るか？ 毎日晴天！17］
［竜頭町三丁目帯刀家の徒然日記 毎日晴天！番外編］ ill：二宮悦巳
［かわいくないひと］ ill：葛西リカコ
［1秒先のふたり］ ill：新藤まゆり
［愛する］ ill：高久尚子
［いたいけな彼氏］ ill：湖水きよ
［成仏する気はないですか？］ ill：田丸マミタ

杉原理生
［恋を綴るひと］ ill：葛西リカコ
［制服と王子］ ill：井上ナヲ
［星に願いをかけながら］ ill：松尾マアタ
［錬金術師と不肖の弟子］ ill：yoco
［愛になるまで］ ill：小椋ムク

すとう茉莉沙
［触れて感じて、堕ちればいい］ ill：みずかねりょう

砂原糖子
［シガレット×ハニー］ ill：水名瀬雅良
［灰とラブストーリー］ ill：穂波ゆきね
［猫屋敷先生と縁側の編集者］ ill：笠井あゆみ
［アンダーエール！］ ill：小椋ムク

高尾理一
［鬼の王と契れ］シリーズ全3巻 ill：石田 要

高遠琉加
［神様も知らない］シリーズ全3巻 ill：高階 佑
［天使と悪魔の一週間］ ill：麻々原絵里依

田知花千夏
［不機嫌な弟］ ill：木下けい子
［この恋、革命系］ ill：三池ろむこ
［ガチャ彼氏ができました!?］ ill：絵津鼓

月村 奎
［そして恋がはじまる］全2巻 ill：夢花 李
［アプローチ］ ill：夏乃あゆみ

キャラ文庫既刊

遠野春日

[華麗なるフライト] シリーズ全2巻　ill:麻々原絵里依
[砂楼の花嫁]
[花嫁と誓いの薔薇　砂楼の花嫁2]
[仮装祝祭日の花嫁　砂楼の花嫁3]　ill:円陣闇丸
[獅子の系譜] シリーズ全2巻　ill:夏河シオリ
[蜜なる異界の契約]　ill:笠井あゆみ
[黒き異界の恋人]　ill:笠井あゆみ
[真珠にキス]　ill:乃一ミクロ
[疵と蜜]　ill:笠井あゆみ
[恋々　疵と蜜2]　ill:笠井あゆみ
[鼎愛―TEIAI―]　ill:嵩梨ナオト
[美しい義兄]　ill:新藤まゆり
[愛しき年上のオメガ]　ill:みずかねりょう

中原一也

[双子の獣たち]　ill:笠井あゆみ
[悪癖でもしかたない]　ill:高緒 拾
[負け犬の領分]　ill:新藤まゆり
[愛と獣―捜査一課の相棒―]　ill:みずかねりょう
[魔性の男と言われています]　ill:草間さかえ
[花吸い鳥は高音で囀る]　ill:笠井あゆみ
[俺が好きなら咬んでみろ]　ill:小野浜こわし
[街の赤ずきんと迷える狼]　ill:みずかねりょう

凪良ゆう

[恋愛前夜]
[求愛前夜　恋愛前夜2]　ill:穂波ゆきね
[天涯行き]　ill:高久尚子
[おやすみなさい、また明日]　ill:小山田あみ
[美しい彼]
[憎らしい彼　美しい彼2]
[悩ましい彼　美しい彼3]　ill:葛西リカコ
[ここで待ってる]　ill:草間さかえ
[初恋の嵐]　ill:木下けい子
[セキュリティ・ブランケット 上・下]　ill:ミドリノエバ
[きみが好きだった]　ill:宝井理人

夏乃穂足

[飼い犬に手を咬まれるな]　ill:笠井あゆみ

成瀬かの

[世界は僕にひざまずく]　ill:高星麻子
[気がついたら幽霊になってました。]　ill:yoco
[兄さんの友達]　ill:三池ろむこ
[隣の狗人の秘密]　ill:サマミヤアカザ
[神獣さまの側仕え]　ill:金ひかる

西野 花

[溺愛調教]　ill:笠井あゆみ
[陰獣たちの贄]　ill:北沢きょう
[獣神の夜伽]　ill:穂波ゆきね
[淫妃セラムと千人の男]　ill:北沢きょう

鳩村衣杏

[歯科医の弱点]　ill:佳門サエコ
[学生服の彼氏]　ill:金ひかる
[きれいなお兄さんに誘惑されてます]　ill:砂河深紅

樋口美沙緒

[八月七日を探して]　ill:高久尚子
[他人じゃないけれど]　ill:穂波ゆきね
[狗神の花嫁] シリーズ全2巻　ill:高星麻子
[予言者は眠らない]　ill:夏乃あゆみ
[パブリックスクール―檻の中の王―]
[パブリックスクール―群れを出た小鳥―]
[パブリックスクール―八年後の王と小鳥―]
[パブリックスクール―ツバメと殉教者―]
[パブリックスクール―ロンドンの蜜月―]　ill:yoco
[ヴァンパイアは我慢できない dessert]　ill:夏乃あゆみ
[王を統べる運命の子①～②]　ill:麻々原絵里依

火崎 勇

[理不尽な求愛者] シリーズ全2巻　ill:駒城ミチヲ
[ラスト・コール]　ill:石田 要
[ぬくもりインサイダー]　ill:みずかねりょう
[リインカーネーション～胡蝶の恋～]　ill:水名瀬雅良
[悪党に似合いの男]　ill:草間さかえ
[カウントダウン!]　ill:高緒 拾
[俺の知らない俺の恋]　ill:木下けい子
[ヒトデナシは惑愛する]　ill:小椋ムク
[エリート上司はお子さま!?]　ill:金ひかる

菱沢九月

[小説家は懺悔する] シリーズ全3巻　ill:高久尚子
[ケモノの季節]　ill:汞りょう
[年下の彼氏]　ill:穂波ゆきね
[好きで子供なわけじゃない]　ill:山本小鉄子
[飼い主はなつかない]　ill:高星麻子
[同い年の弟]　ill:穂波ゆきね

松岡なつき

[WILD WIND]　ill:雪舟 薫
[FLESH&BLOOD①～㉔]

キャラ文庫既刊

[FLESH&BLOOD外伝 ―女王陛下の海賊たち―] ill：①～⑪雪舟 薫／⑫～彩
[FLESH&BLOOD外伝2 ―祝福されたる花―] ill：彩
[H・K(ホンコン)ドラグネット] 全4巻 ill：乃一ミクロ
[流沙の記憶] ill：彩

丸木文華

[パペット] ill：みずかねりょう

水原とほる

[The Barber―ザ・バーバー―] シリーズ全2巻 ill：兼守美行
[血のファタリテ] ill：兼守美行
[The Shoemaker―ザ・シューメイカー―] ill：沖 麻実也
[奪還する男] ill：小山田あみ
[家 路] ill：高星麻子
[コレクション] ill：北沢きょう
[皆殺しの天使] ill：新藤まゆり
[刹那と愛の声を聞け] ill：みずかねりょう
[百千万劫に愛を誓う] ill：乃一ミクロ
[ピアノマンは今宵も不機嫌] ill：ミドリノエバ
[名前も知らずに恋に落ちた話] ill：yoco
[監禁生活十日目] ill：砂河深紅
[正体不明の紳士と歌姫] ill：yoco
[彼は優しい雨] ill：小山田あみ
[月がきれいと言えなくて] ill：ひなこ
[見初められたはいいけれど] ill：ミドリノエバ

水無月さらら

[年の差十四歳の奇跡] ill：みずかねりょう
[時をかける鍵] ill：サマミヤアカザ
[座敷童が屋敷を去るとき] ill：駒城ミチヲ
[人形遊びのお時間] ill：夏河シオリ
[いたいけな弟子と魔導師さま] ill：yoco
[海賊上がりの身代わり王女] ill：サマミヤアカザ

水壬楓子

[桜姫] シリーズ全3巻 ill：長門サイチ
[森羅万象 狼の式神]
[森羅万象 水守の守]
[森羅万象 狐の輿入] ill：新藤まゆり
[王室護衛官を拝命しました] ill：サマミヤアカザ

宮緒 葵

[二つの爪痕] ill：兼守美行
[蜜を喰らう獣たち] ill：笠井あゆみ
[忘却の月に聞け] ill：水名瀬雅良
[祝福された吸血鬼] ill：Ciel
[悪食] ill：みずかねりょう

夜光 花

[七日間の囚人] ill：あそう瑞穂
[不浄の回廊]
[二人暮らしのユウウツ 不浄の回廊2] ill：小山田あみ
[眠る劣情] ill：高階 佑
[ミステリー作家串田寥生の考察]
[ミステリー作家串田寥生の見解] ill：高階 佑
[バグ] 全3巻 ill：湖水きよ
[式神の名は、鬼①～②] ill：笠井あゆみ

吉原理恵子

[二重螺旋] シリーズ1～11巻
[一凛ノ花 二重螺旋12] ill：円陣闇丸
[灼視線 二重螺旋外伝] ill：円陣闇丸
[間の楔] 全6巻 ill：長門サイチ
[影の館] ill：笠井あゆみ
[暗闇の封印―邂逅の章―]
[暗闇の封印―黎明の章―] ill：笠井あゆみ

六青みつみ

[輪廻の花～300年の片恋～] ill：みずかねりょう

渡海奈穂

[彼の部屋] ill：乃一ミクロ
[河童の恋物語] ill：北沢きょう
[僕の中の声を殺して] ill：笠井あゆみ
[狼は闇夜に潜む] ill：マミタ

〈四六判ソフトカバー〉

ごとうしのぶ

[ぼくたちは、本に巣喰う悪魔と恋をする]
[喋らぬ本と、喋りすぎる絵画の麗人]
[ぼくたちは、優しい魔物に抱かれて眠る]
[ぼくたちの愛する悪魔と不滅の庭] ill：笠井あゆみ

菅野 彰

[毎日晴天！外伝 竜頭町三丁目まだ四年目の夏祭り] ill：二宮悦巳

高遠琉加

[さよならのない国で] ill：葛西リカコ

遠野春日

[夜間飛行] ill：笠井あゆみ

松岡なつき

[王と夜啼鳥(ナイチンゲール) FLESH&BLOOD外伝] ill：彩

〈2020年3月27日現在〉